岩 波 文 庫
31-200-1

石 垣 り ん 詩 集

伊藤比呂美編

岩 波 書 店

目　次

『レモンとねずみ』（童話屋、二〇〇八）

単行詩集未収録詩篇から

石垣りん詩集

原子童話

戦闘開始

二つの国から飛び立った飛行機は
同時刻に敵国上へ原子爆弾を落しました

二つの国は壊滅しました

生き残った者は世界中に
二機の乗組員だけになりました
彼らがどんなにかなしく
またむつまじく暮したか――

それは、ひょっとすると
新しい神話になるかも知れません。

（一九四九・九）

雪崩のとき

人は
その時が来たのだ、という
雪崩のおこるのは
雪崩の季節がきたため　と。

武装を捨てた頃の
あの永世の誓いや心の平静

世界の国々の権力や争いをそとにした
つつましい民族の冬ごもりは
色々な不自由があっても
また良いものであった。

平和
永遠の平和
平和一色の銀世界
そうだ、平和という言葉が
この狭くなった日本の国土に
粉雪のように舞い
どっさり降り積っていた。

私は破れた靴下を繕い
編物などしながら時々手を休め
外を眺めたものだ

そして　ほっ、とする
ここにはもう爆弾の炸裂も火の色もない
世界に覇を競う国に住むより
このほうが私の生きかたに合っている
と考えたりした。

それも過ぎてみれば束の間で
まだととのえた焚木もきれぬまに
人はざわめき出し
その時が来た、という
季節にはさからえないのだ、と。

雪はとうに降りやんでしまった、
降り積った雪の下には
もうちいさく　野心や、いつわりや

欲望の芽がかくされていて
〝すべてがそうなってきたのだから
仕方がない〟というひとつの言葉が
遠い嶺のあたりでころげ出すと
もう他の雪をさそって
しかたがない、しかたがない
しかたがない
と、落ちてくる。

ああ　あの雪崩、
あの言葉の
だんだん勢いづき
次第に拡がってくるのが
それが近づいてくるのが
私にはきこえる

私にはきこえる。

（一九五一・一）

祖国

私はこの夏上高地へ行った、
そびえたつ山々は大きく
私はちいさかった
一緒に行った友もちいさかった
問題にならないほど
人は皆ちいさかった。

人の通る道は
山をはう一筋の糸のごとく

糸よりもあるいは細く
なお消え消えにつづいていた、

その道を登った

てっぺんへ出ると
私は素晴しく大きくなった
山のように大きくなった
友の足もとにも
大きな山々がつづいていた。

村や町は遠く
かすかにちいさかった、
山へ登る道は狭いが
人が通るに充分であれば

今きた道に
もし、ある権力が番人ひとり置いて
「ここよりはいるべからず」と
立札一本立てたとしたら……

あの熊笹の
暗いふもとの道から
一歩も人は登れなくなるだろう、
人は　山の下のせまい場所で
顔をつき合わせて
こせこせと奪い合うであろう、
人はそのために身も心も貧しく
人は自分の可能を
ひろい空と
眺望のある生を忘れ
卑屈に、不幸になるであろう。

頂上の花畑は
雲や霧がかかり　鳥もいて
人が行かなければ
行くものもないと思われる
静かな美しいところであった。

人が行かないで誰が行こう！
ここに住む者が行かないで

私はふり返った道に
立札のなかったことを喜んだ
立札などあるはずもない山の道である。

あるはずもない
その山のてっぺんで

私はなぜともなく叫んでしまった、
もし立札を立てる者があったら
それはぬきとろう
おそれずに
必ず　ぬきとろう、と。

（一九五一・九）

挨拶

――原爆の写真によせて

あ、
この焼けただれた顔は
一九四五年八月六日
その時広島にいた人
二五万の焼けただれのひとつ

すでに此の世にないもの
とはいえ
友よ
向き合った互の顔を
も一度見直そう
戦火の跡もとどめぬ
すこやかな今日の顔
すがすがしい朝の顔を

その顔の中に明日の表情をさがすとき
私はりつぜんとするのだ
地球が原爆を数百個所持して
生と死のきわどい淵を歩くとき

なぜそんなにも安らかに
あなたは美しいのか

しずかに耳を澄ませ
何かが近づいてきはしないか
見きわめなければならないものは目の前に
えり分けなければならないものは
手の中にある
午前八時一五分は
毎朝やってくる

一九四五年八月六日の朝
一瞬にして死んだ二五万人の人すべて
いま在る
あなたの如く　私の如く
やすらかに　美しく　油断していた。

（一九五二・八）

天馬の族

お前は天馬の親族だ
と、言われても
馬車馬のようにただ働くだけの毎日では
いきおい自由の天地も忘れ
疲れて、よごれるばかりであるが

生きるために人間が
色々の手を使うからといって
それの出来ない者共が
この如く飼い馴らされ
こきつかわれ
馬権を侵害されるとは

不満至極な話である。

せめてこの眼の両脇の
黒い覆いをとってくれ
四方八方、見たいではないか
そうピシピシと鞭をあてるな
私は健康で美しい
杉の木のようにすっくり立った足
海が波うつようなたてがみ

人間は、自分と同種でないだけの理由で
その狭量なヒューマニズムを楯に
別扱いにして恥じないが
なぜ
ゆたかな胸の中に熱い想いをたぎらせ
澄んだ大きな眼で

いつも遠くを、高くをみつめている
我らの永遠の憧憬について
知ろうともしないのか
これが同時代に於ける
もっとも悲しい偏見である。

私は働く
これは隷属ではなくて、愛だ
これだけが自分の持つ
不変のプライドである。

新しい年のはじめに
人は縁起をかついで
初荷だ、と称するが
負わされた背中の重みは
相変らず、十年一日の中味である

曰く、権力、利益、出世
それもよかろう
歴史の歩みの遅々たる証左であるならば、

道は遠い

とられた手綱のみちびく彼方
人間の目のとどかない天の一角に
(そうだ、この目に天がうつる)
もしも嵐の影が見えたら
火や風の吹きまく兆候が見えたら
ふだんは従順この上もない我等
一声、嘶《いなな》いてふんばろう
梃子《てこ》でもそっちへ、行かないことだ。

(一九五四・一)

繭

バクダンの威力が大きいのではなかった
地球がちいさいのである

蚕が桑の葉を食べるように
何ものかの権力によって
世界は喰い荒らされ、その腹におさまる
ふとるのは国であるのか
主義であるのか
(トニカク人間ではない)

あ、
ひとすじの糸状のものが
中空にまい上がり

なおまい上がり
その噴煙ようのものが
がんじがらめとなって地球をとりかこみ
完全な一個の繭となるころは
中のサナギも殺されて
ほんのひとまき
絹がとれる、というのであった。

（一九五四・七）

夜話

ビキニの灰で
漁夫久保山さんが亡くなれば
弔慰金は五百五十万円だ、と
新聞が大見出しをする、

貧乏な国の記者が
貧乏な大衆に向かって書き立てた
あわれな風情が見えるようだ。

そういう私も
五百五十万円家族に残せたら
死んだほうが喜ばれやしないか、と
フラチであわれなことを考える。

小人の国のガリバーのように
紙幣が
人間とは不釣合に大きな顔をして
葬式にまで出てくるのか。
裏の家の八十になるおばあさんは
家族の者が仏壇をおがむと

私を祈り殺す気か、と怒ったそうだが
戦争で死んだ息子の弔慰金が三万五千円
十年目でやっとこの間はいったら
これは私の葬儀費用だ、と喜んだ。

それも束の間
一月たたぬのに死んでしまった。

ところが大変なことに
その三万五千円に家族の者が手をつけて
葬式が出せない、と
近所で大さわぎなのである。

それと、これと、
似て非なることではあるが
どこか似ている話である。

（一九五四・九）

よろこびの日に

美しい和子姫
大奥で育てられたあなたは生れながら宮と呼ばれ
くらしのための苦労も不安もなく
心すこやかに、姿伸びやかに成人された、

晴れの婚儀を前に
誰があなたの幸運を妬もう
たぐいまれないのちの素直さ
ひなたに花の咲いたような明るい笑顔
それは万人の娘たちが願う
やすらかな表情である。

遠い平安の世にあらず
万々人の殺戮に夫を、兄弟をささげた現世
姫と育つ人の数は
貴族文化咲き栄えた世よりも
まだ稀なあなたの存在である。

その幸福は
飢えた子供に与えるため一箇のりんごを盗んで捕えられた母親と同じほど
あなた自身に罪のないものといえよう、

美しい和子姫
私はあなたのこの上ないしあわせを願う
たとえいかなる土壌の上に咲こうと
あまりにもうるわしいその姿
素直な心のありようこそ
私のいのちをかけたねがいでもあれば。

けれど美しい和子姫
緑濃い宮居の堀を私達日常の貧しい垣の外に築き
生れる子供に着せるものの心配なく
病む人の医薬に不安なく
好き自由に学ぶことの出来る世の中をつくったら
それはどんなに大きな喜びであろう、
優しい心を包みかくすどんな強がりもなく
すさんだ言葉をつかう者もなく
日本中の女性があなたのように笑うことも出来るに違いない。

美しい和子姫
どれ程愛し合っていても片方の貧しさに結婚がさまたげられたり
婚儀の席に連なるには
あまりにも身なり粗末な父母がいたり

また婚礼の費用に困る若人たちが溢れているこの国
それればかりか
働くに職もない若人たちで一ぱいのこの国。

ああ五月
このよろこびの日に
貴女のたぐい稀な美しさを
だれが妬み、そねんだりしよう、

美しい和子姫
幸福な人間を見ることは私共のあこがれである
その、より多いことこそ
最も強いあこがれである。

（一九五〇・五）

白いものが

私の家では空が少ない
両手をひろげたらはいってしまいそうなほど狭い
けれど深く、高い空に
幸い今日も晴天で私の干した洗濯物が竿に三本、

ここ六軒の長屋の裏手が
一つの共同井戸をまん中に向き合っている
そのしきりのように立っている六組の物干場
その西側の一番隅に
キラリ、チラリ、しずくを飛ばしてひるがえる
あれは私の日曜の旗、白い旗。

この旗が白くひるがえる日のしあわせ
白い布地が白く干上るよろこび
これはながい戦争のあとに
やっとかかげ得たもの
今後ふたたびおかすものに私は抵抗する。

手に残る小さな石鹼は今でこそ二十円だが
お金で買えない日があった
石鹼のない日にはお米もなかった
お米のない日には
お義母さんの情も私の椀に乏しくて
人中で気取っていても心は餓鬼となり果てた、

その思い出を落すのにも
こころのよごれを落すのにも
やはり要るものがある

生活をゆたかにする、生活を明るくする
日常になくてならぬものが、ある。

日常になくてならぬものがないと
あるはずのものまで消えてしまう
たとえば優しい情愛や礼節
そんなものまで乏しくなる。

私は石鹼のある喜びを深く思う
これのない日があった
その時
白いものが白くこの世に在ることは出来なかった、
忘れられないことである。

今日もひとりの

ビルが建つ
事務所が足りない、という
卑近な目的にかりたてられて
東京中にたくさんのビルが建つ。

そのかしましい響の中で
今日
「また一人工事場で死んだよ」
と、さりげない人々の物語り、

あの危険な生活の足場から
木の葉よりも軽く
撃たれた小鳥よりも重く

どさり、と落ちて死んでしまった。

「それはね、一つのビルが建つには
たいていあることなんだ」
誰もが日常茶飯の中でそう言い捨てる
この近世の非情に対して
私たちは無力に相づちをうつのであろうか。

その眼の中に太陽を宿し
その胸に海をいだき
こころのぬくみで
花や樹を育てることのできる
この不可思議な生命、
どんな目的のためにも
むざむざと失ってはならないものが
たやすく否定されたりする。

たとえばひとつの建設
あるいは大きな事業のためには
〝やむを得ない〟などと、
だから
平和のためのいくさ
などともいえるのだろうか。

道に横たえられていた鉄筋が
生きているもののように立ち上がり組み立てられる
その建築の
その目的の
それが造る人ひとりひとりにきざまれた
希望であり
目的であるような
そのようにいのちも心も生かされる
人間の仕事はないものだろうか、

もしそうであったら
建物と共に残る私たちの歴史は
どんなに輝かしいことだろう。

今日また一人のひとが足場から落ちて
死んだ、
あの危険な場所へ登って行ったのは
ビルを建てる願いのためではなく
食べるために
或いは食べさせるために
今日もひとりの人が死んだ。

私の前にある鍋とお釜と燃える火と

それはながい間
私たち女のまえに
いつも置かれてあったもの、

自分の力にかなう
ほどよい大きさの鍋や
お米がぷつぷつとふくらんで
光り出すに都合のいい釜や
劫初からうけつがれた火のほてりの前には
母や、祖母や、またその母たちがいつも居た。

その人たちは
どれほどの愛や誠実の分量を
これらの器物にそそぎ入れたことだろう、
ある時はそれが赤いにんじんだったり
くろい昆布だったり

たたきつぶされた魚だったり

台所では
いつも正確に朝昼晩への用意がなされ
用意のまえにはいつも幾たりかの
あたたかい膝や手が並んでいた。

ああその並ぶべきいくたりかの人がなくて
どうして女がいそいそと炊事など
繰り返せたろう?
それはたゆみないいつくしみ
無意識なまでに日常化した奉仕の姿。

炊事が奇しくも分けられた
女の役目であったのは
不幸なこととは思われない、

そのために知識や、世間での地位が
たちおくれたとしても
おそくはない
私たちの前にあるものは
鍋とお釜と、燃える火と

それらなつかしい器物の前で
お芋や、肉を料理するように
深い思いをこめて
政治や経済や文学も勉強しよう、

それはおごりや栄達のためでなく
全部が
人間のために供せられるように
全部が愛情の対象あって励むように。

日記より

一九五四年七月二七日
これは歴史の上で何の特筆することもない
多くの人が黙って通りすぎた
さりげない一日である。

その日私たちは黄変米配給決定のことを知り
その日結核患者の都庁坐り込みを知る。
むしろや毛布を敷いた階段、廊下、庭いっぱいに横たわる患者ストの様相
に
私は一度おおうた眼をかっきりと開いて見直す。

明日私たちの食膳に盛りこまれる毒性と
この夜を露にうたれる病者と
いずれしいたげられ、かえりみられぬ
弱い者のおなじ姿である。

空にはビキニ実験の余波がためらう夏の薄ぐもり
黄変米配給の決定は七月二四日であった、と
新聞記事にしては、いかにも残念な付けたりがある、

その間の三日よ
私はそれを忘れまい。

水がもれるように
秘密の謀りごとが、どこかを伝って流れ出た
この良心の潜伏期間に
わずかながら私たちの生きてゆく期待があるのだ。

親が子を道連れに死んだり
子が親をなぐり殺したり
毎夜のように運転手強盗事件が起り
三年前の殺人が発覚したり、する。
それら個々の罪科は明瞭であっても
五六、九五六トン
四八億円の毒米配給計画は
一国の政治で立派に通った。

この国の恥ずべき光栄を
無力だった国民の名において記憶しよう。

消毒液の匂いと、汗と、痰と、咳と
骨と皮と、貧乏と
それらひしめくむしろの上で

人ひとり死んだ日を記憶しよう。
黄変米配給の決定されたのは
残念ながら国民の知る三日前だった、と
いきどおる日の悲しみを
私たちはいくたび繰り返さなければならないだろうか。

黄変米はわずか二・五パーセントの混入率に
すぎない、
と政府はいう。

死んだ結核患者は
あり余る程いる人間のただ一人にすぎず
七月二七日はへんてつもない夏の一日である、
すべて、無害なことのように。

女湯

一九五八年元旦の午前0時
ほかほかといちめんに湯煙りをあげている公衆浴場は
ぎっしり芋を洗う盛況。

脂と垢で茶ににごり
毛などからむ藻のようなものがただよう
湯舟の湯
を盛り上げ、あふれさせる
はいっている人間の血の多量、

それら満潮の岸に
たかだか二五円位の石鹸がかもす白い泡

新しい年にむかって泡の中からヴィナスが生まれる。
これは東京の、とある町の片隅
庶民のくらしのなかのはかない伝説である。

つめたい風が吹きこんで扉がひらかれる
と、ゴマジオ色のパーマネントが
あざらしのような洗い髪で外界へ出ていった
過去と未来の二枚貝のあいだから
片手を前にあてて、

待っているのは竹籠の中の粗末な衣装
それこそ、彼女のケンリであった。

こうして日本のヴィナスは
ボッティチェリが画いたよりも

古い絵の中にいる、
文化も文明も
まだアンモニア臭をただよわせている
未開の
ドロドロの浴槽である。

手

私のひろげた手
私の眼の前に並んだ手
これは生きている
生きてうごいている
この手がいつか老いてゆく

この手がいつかうごかなくなる

私を弔う他人の手によって組み合わされ
私の冷たくなった胸の上で
私の魂の、もうどこにもいなくなった世界に向かって
いっとき存在するだろう

ああその外部の
今日の如く光あふれ風そよぐとき
とざされた私の瞳にかわって
すでにかわいたこの手の皮膚は何を見
何を感じることだろう

手よ
お前が握ったたくさんなもの
その記憶をどこへ捨ててゆくのか

語れ
（ふと眼を移せば
花びらのようにひらひらと手を振って
次々に遠ざかる
おびただしい生きものの行列がある

どこへゆくのか？）

間違いもなく　この手
死を約束した私の生の
ありありとかなしい手の表情である

両手を合わせれば不思議にあたたかく
これは私のものだ、という
が、やがては失われる
たしかな

しかしあるかない
これこそただひとつの手応えである。

顔

——会議室にて

机の前にたくさんの顔が並んでいる。

血のかよっている
笑ったり怒ったり話したりする顔
いつかみんないなくなる顔
とじられる目
つめたくなる唇
からっぽのがいこつ、

けれど永久になくならない
次々と生まれてくる顔
やがては全部交替する顔
それをじっとみまもっている

その交替をあざやかにみている眼――
それがある、きっと。

それが誰だかわからない
ひとり、たしかにひとりいるのだが。

悲劇

京浜国道を霊柩車が走ってきた。
私が歩いてゆく、前方から

と、
運転台と助手台で
二人の男が笑っている
何やら話しながら
ことに助手台に坐っている赤ら顔の大男が
まことに愉快そうに
ワッハッハと、声がきこえそうな表情で
笑っているのである。

静かな運転
霊柩車は私のかたわらを通り過ぎてゆく
うしろには柩がひとつ
文句のないお客様である。

そのあとから色の違うタクシーが三台続いた

いずれ喪服の親類縁者
ひっそり、さしうつむいて乗っている
それも束の間
葬列はゆるやかに走り去っていった。

「駄目だ」
私は思わず振り返り、手を挙げて叫んだ、
芝居の演出者のように
「やり直し
も一度はじめから
はじめから出直さないことには!」
広い大通りのまんなかで
である。

盗　難

石だたみの上
鋼鉄の壁をはりめぐらした金庫の前に立って
出納課長は百余貫の扉を押した。
音もなくとざされる密室に
それ程大切にしまわれている
貨幣というものの
価値

に夜がくるのだ、
課長が鍵番号をくるくると廻し
かっちりと最後の数字を合わせる
その冷い秘密が
血のかよった人間の指間からこぼれもせず

安泰であると思われている
金庫
から毎夜
何かが失われてゆくのだ
不思議に何かが、
ごっそりと減ってゆくのだ

翌朝
銀行員は何の異常もない、と
落ち着き払っているけれど
それは額面だけのことであった
額面だけが貴重な世界のことである。

三十の抄

牛蒡《ごぼう》はサクサクと身をそぎ
水にひたってあくを落す

ほうれん草は茹でこぼされ
あさりは刃物にふれて砂を吐く

私はどうすれば良い
ひたひたと涙にぬらし
笑いにふきこぼし
戦火をくぐらせ
人の真情に焙《あぶ》って三十年

万人美しく、素直に生きるを

このアクの強さ
己がみにくさを抜くすべを知らず
三十年

俗に「食えぬ」という
まことに食えぬ人間
この不味きいのちひとつ
ひとにすすむべくもなき
いのちひとつ

齢三十とあれば
くるしみも三十
悲しみも三十

しかもなおその甲斐なく
世に愚かなれば

心まずしければ
魂は身を焦がして
滅ぼさんばかりの三十。

屋根

日本の家は屋根が低い
貧しい家ほど余計に低い、

その屋根の低さが
私の背中にのしかかる。

この屋根の重さは何か
十歩はなれて見入れば
家の上にあるもの

天空の青さではなく
血の色の濃さである。
私をとらえて行く手をはばむもの
私の力をその一軒の狭さにとぢこめて
費消させるもの、

病父は屋根の上に住む
義母は屋根の上に住む
きょうだいもまた屋根の上に住む。

風吹けばぺこりと鳴る
あのトタンの
吹けば飛ぶばかりの
せいぜい十坪程の屋根の上に、
みれば

大根ものっている
米ものっている
そして寝床のあたたかさ。

負えという
この屋根の重みに
女、私の春が暮れる
遠く遠く日が沈む。

犬のいる露地のはずれ

私の家の露地の出はずれに芋屋がある、
そこにずんぐりふとった沖縄芋のような
のそりと大きい老犬がいる。

人を見てやたらに尻っぽを振るほど
期待も持たず、愛嬌も示さない、
何やら怠惰に眼をあげて蠅を追ったり
主人に向かってたまに力のない声で吠える。

犬は芋屋の釜のそばに寝ていたり
芋袋を解いた荒縄で頸をゆわかれたりしている。

その犬
不思議に犬の顔をしているこの人間の仲間
に、私はなぜか心をひかれる。
ことに夜更け
誰もいなくなった露地のまん中に
犬はきまってごろり、と横になっている。
そのそばを風呂の道具を片手に十一時頃
かならず通るのだが、

今日という日がもう遠ざかっていった道のはずれ
ながながと寝そべる犬のかたわらに
私はそっとかがみこむ。

私は犬の鼻先に顔をよせて時々話しかける、
もとより何の意味もない
犬の体温と私の息のあたたかさが通い合う近さでじっと向き合っている
犬の眼が私をとらえる
露地の上に星の光る夜もあれば
真暗闇の晩もある。

私は犬に向かって少しの愛情も表現しない
犬も黙って私を見ている
そしてしばらくたつと、私が立ちあがる
犬が身動きする、かすかに、それがわかる

私の心もうごく。

この露地につらなる軒の下に
日毎繰り返される凡俗の、半獣の、争いの
そのはずれに犬が一匹いて私の足をとめさせる
ここは墓地のように、屋根がない
屋根のある私の家にはもう何のいこいもなくて。

露地のはずれに犬がいる
それだけの期待が　夜更けの
今日と明日との間に私を待っている。

貧　乏

私がぐちをこぼすと

「がまんしておくれ
じきに私は片づくから」と
父はいうのだ
まるで一寸した用事のように。

それはなぐさめではない
脅迫だ　と
私はおこるのだが、

去年祖父が死んで
残ったものはたたみ一畳の広さ、
それがこの狭い家に非常に有効だった。

私は泣きながら葬列に加わったが
親類や縁者
「肩の荷が軽くなったろう」

と、なぐさめてくれた、
それが、誰よりも私を愛した祖父への
はなむけであった。

そして一年
こんどは同じ半身不随の父が
病気の義母と枕を並べ
もういくらでもないからしんぼうしてくれ
と私にたのむ、

このやりきれない記憶が
生きている父にとってかわる日がきたら
もう逃げられまい
私はこの思い出の中から。

家

夕刻
私は国電五反田駅で電車を降りる。
おや、私はどうしてここで降りるのだろう
降りながら、そう思う
毎日するように池上線に乗り換え
荏原中延で降り
通いなれた道を歩いてかえる。

見慣れた露地
見慣れた家の台所
裏を廻って、見慣れたちいさい玄関
ここ、
ここはどこなの?

私の家よ
家って、なあに？
この疑問、
家って何？

半身不随の父が
四度目の妻に甘えてくらす
このやりきれない家
職のない弟と知能のおくれた義弟が私と共に住む家。

柱が折れそうになるほど
私の背中に重い家
はずみを失った乳房が壁土のように落ちそうな

そんな家にささえられて
六十をすぎた父と義母は

むつまじく暮している、
わがままをいいながら
文句をいい合いながら
私の渡す乏しい金額のなかから
自分たちの生涯の安定について計りあっている。

この家
私をいらだたせ
私の顔をそむけさせる
この、愛というもののいやらしさ、
鼻をつまみながら
古い日本の家々にある
悪臭ふんぷんとした便所に行くのがいやになる

それで困る。

きんかくし

家にひとつのちいさなきんかくし
その下に匂うものよ
父と義母があんまり仲が良いので
鼻をつまみたくなるのだ
きたなさが身に沁みるのだ
弟ふたりを加えて一家五人
そこにひとつのきんかくし
私はこのごろ
その上にこごむことを恥じるのだ
いやだ、いやだ、この家はいやだ。

夫婦

年をとって半身きかなくなった父が
それでも、母に手をひかれれば
まるで四つん這いに近い恰好で歩くことができる。

あのひきずるような草履の音は
まだ町が明けやらぬころから
泣いたり、わめいたり、甘えたりしながら
母にすがって歩き廻る、父の足音だ。

もう絶対に立ち直ることのない
いのちのかたむきを
こごめた背中でやっと支え
けれど、まだすさまじい何ものかへの執着が
父をいらだたせ、母の手をさぐらせている。

あの足音

ずる、ずる、とひきずる草履の音。

自分たちが少しでも安楽に生きながらえるため
一生かかって貯めたわずかな金を大事にしている
そして父は、もう見栄も外聞もかまわず
粗末な身なりで歩く
道ですれ違えば
これが親か、と思うような姿で。

その父と並んで
義母も町を歩いている。
買物袋を片手に、父の手をひき
父の速度にあわせて、母は歩くのだ、
人が振り返ろうと心にもとめず
まるでふたりだけの行く道であるかのように。

夫婦というものの
ああ、何と顔をそむけたくなるうとましさ
愛というものの
なんと、たとえようもない醜悪さ。

この不可思議な愛の成就のために
この父と義母のために
娘の私は今日も働きに出る、
乏しい糧を得るために働きに出る。

ずるずるっ、と地を曳くような
地にすべりこむような
あの、父の草履の音
あの不可解な生への執着、
あの執着の中から私は生まれてきたのか。

やせて、荒れはてた母の手を
ただひとつの希望のように握りしめて
歩きまわる父、
あのかさねられた手の中にあるものに
また、私もつながれ
ひきずられてゆくのか。

月給袋

縦二十糎《センチ》
横十四糎
茶褐色の封筒は月に一回、給料日に受け取る。
一月の労働を秤にかけた、その重みに見合う厚味で
ぐっと私の生活に均衡をあたえる

分銅のような何枚かの紙幣と硬貨、
その紙袋は重宝で
手にしたその時からあけたりとじたりする。
夜と昼が交替にやってくる私の世界と同じよう
古びた紙幣を一枚ひきぬけば
今日の青空が頭上にぱらりと開いたりする。

街の商店は軒をつらねて並び
間口いっぱい
こぼれるほど商品を積み上げているけれど
あれはみんな透明な金庫の中の金、
生みたての玉子
赤いりんご
海からあがったばかりに見える鰯の一山も
うっかり出した子供の手までゆるすまいと

何かが見張っている、
銀行の廊下を歩く守衛のような足音が
いつもひびいている道である。

そこで私は月給袋から
また一枚をとり出す、
額面を鍵穴にあわせ
うまく、あの透明な金庫をあけさせる
ついでに売る人の口の穴までにこやかにあけはなしながら。

私がラッシュの国電でもみくちゃになれば
この袋も日増しに汚れ
持ち主におとらずくたぶれる。
そして最後の硬貨も出払った
捨ててもいい、というときに
用心深く、何か残っていないかと中をのぞくといるわ、いるわ

そこには傷んだ畳が十二畳ばかり敷かれ
年老いた父母や弟たちが紙袋の口から
さあ、明日もまた働いてきてくれ
と語りかける。

どうして捨てられよう
ちいさな紙袋に
吹けば飛ぶようなトタン屋根がのっていて
台所からはにんじんのしっぽや魚の骨がこぼれ出る。

月給袋は魔法でも手品の封筒でもない
それなのに私のそそぎこんだ月日はどこへいってしまったのか
それをさがすときに限り
紙幣はからになって一枚だけ
手の上にのこされる。

風 景

私の寝床は広い
眼をつむると砂漠のようだ
ああ 白い砂漠だ
私のいのち、私の血の流れ
それがじりじりと焦げ
おとろえ、力つき
炎天下の乏しい河水のように終っているのが
見える
明日、この白い砂漠に
乾き、絶えているのが――。

用意

それは凋落であろうか
百千の樹木がいっせいに満身の葉を振り落すあのさかんな行為

太陽は澄んだ瞳を
身も焦がさんばかりに灑ぎ
風は枝にすがってその衣をはげと哭く

そのとき、りんごは枝もたわわにみのり
ぶどうの汁は、つぶらな実もしたたるばかりの甘さに重くなるのだ

秋
ゆたかなるこの秋

誰が何を惜しみ、何を悲しむのか
私は私の持つ一切をなげうって
大空に手をのべる
これが私の意志、これが私の願いのすべて！

空は日毎に深く、澄み、光り
私はその底ふかくつきささる一本の樹木となる

それは凋落であろうか、

いっせいに満身の葉を振り落す
あのさかんな行為は――

私はいまこそ自分のいのちを確信する
私は身内ふかく、遠い春を抱く
そして私の表情は静かに、冬に向かってひき緊《しま》る。

私はこの頃

海に最後の潮が満ちたとでもいうのか
両手の中にたっぷりとくる乳房のおもみよ

りんごは今がとりごろ
魚なら秋のさんま
キラキラと油の乗った食べざかり
(ふと醒めて、ほかでもない、私はあたたかい自分の肉体にびっくりする)

これはいのちあるものの
やがては滅びゆくものに与えられたいのちのまっ盛り

木々に風そよぐごとく

花びらに露光るごとく
やがては枯れ、やがては散る
生けるもののただひとつの季節

この美しい陽の照るきわに
花はどのように散り
木はどのように実るのであろうか
私はこのごろ不安な心で
滅びの支度について、考える——。

ひめごと

我は鳥を生み　唄うことを教えむ
我は蝶を育て　舞うことを教えむ
水に入りては魚を生み

光に入りて風をはぐくむ
人の衣縫いてそを着せなば
人はなんと呼ぶならん
　牛は子を生み　牛の衣をきせました
　馬は子を生み　馬の衣をきせました
われは生きとし生けるものの母らと篤くまじわり
世にさりげなく吾子をそだてむ。

この光あふれる中から

ここにこうして　いつまでもいることは出来ないのですか？　お母さん、なぜ過ぎてゆかねばならないのですか、花は美しく、空はあんなに青い、このはるの　光あふれる中から──。

○

お嬢さん　お嬢さん
雲が流れてまいります
どこへ流れてゆくのでしょう
あれあれあんなに　はるばると
教えて下さいお嬢さん
あなたはどこへ行くのです。

◯

人間という　不可思議なものの
まことに何であるかも知らず
すべての生きものにならい　母になる
それでよいのか、と心に問えど
答えのあろうはずもなく
日毎夜毎　子守唄のごと
　りすはりすを生み
蛇は蛇を生む　とくちづさむ

さらばよし　母にならむか
おろそかならず　こころにいらえもなくて――。

不出来な絵

この絵を貴方にさしあげます
下手ですが
心をこめて描きました
向こうに見える一本の道
あそこに
私の思いが通っております
その向こうに展けた空

うす紫とバラ色の
あれは私の見た空、美しい空

それらをささえる湖と
湖につき出た青い岬
すべて私が見、心に抱き
そして愛した風景

あまりに不出来なこの絵を
はずかしいと思えばとても上げられない
けれど貴方は欲しい、と言われる

下手だからいやですと
言い張ってみたものの
そんな依怙地さを通してきたのが
いま迄の私であったように

ふと、思われ
それでさしあげる気になりました

そうです
下手だからみっともないという
それは世間体
遠慮や見栄のまじり合い
そのかげで
私はひそかに
でも愛している
自分が描いた
その対象になったものを
ことごとく愛している
と、きっぱり思っているのです

これもどうやら

私の過去を思わせる
この絵の風景に日暮れがやってきても
この絵の風景に冬がきて
木々が裸になったとしても
ああ、愛している
まだ愛している
と、思うのです
それだけ、それっきり
不出来な私の過去のように
下手ですが精一ぱい
心をこめて描きました。

ぬげた靴

私の外側は空気でみたされていた
私の内側も同じような
或いはもっと軽いものでみたされていた。

私は自分の顔を描いた
まゆをひいて口紅をぬって
人前にふわり、と立たせた。

靴が、おもりのように私を地につけて
浮き上がるのを
ようやくとどめていた。

笑ったり
おこったり
話したり
働いて月給をとったりした。

このゴム風船造りの人間を
ある日誰かが抱きかかえたために
靴が、ぬげてしまった。

風船は浮きあがった、
家から
舗道から
人から

（どこで人と別れたろう？）

ゆけばゆくほど一人になる
空のまったただ中を
風船は昇ってゆく。

風　景

待つものはこないだろう
こないものを誰が待とう
と言いながら
こないゆえに待っている、

あなたと呼ぶには遠すぎる
もう後姿も見せてはいない人が
水平線のむこうから
潮のようによせてくる

よせてきても
けっして私をぬらさない
はるか下の方の波打際に

もどかしくたゆたうばかり
私は小高い山の中腹で
砂のように乾き
まぶたにかげる
海の景色に明け暮れる。

その夜

女ひとり
働いて四十に近い声をきけば
私を横に寝かせて起こさない
重い病気が恋人のようだ。

どんなにうめこうと

心を痛めるしたしい人もここにはいない
三等病室のすみのベッドで
貧しければ親族にも甘えかねた
さみしい心が解けてゆく、

あしたは背骨を手術される
そのとき私はやさしく、病気に向かっていう
死んでもいいのよ

ねむれない夜の苦しみも
このさき生きてゆくそれにくらべたら
どうして大きいと言えよう
ああ疲れた
ほんとうに疲れた

シーツが

黙って差し出す白い手の中で
いたい、いたい、とたわむれている
にぎやかな夜は
まるで私ひとりの祝祭日だ。

シジミ

夜中に目をさました。
ゆうべ買ったシジミたちが
台所のすみで
口をあけて生きていた。

「夜が明けたら
ドレモコレモ
ミンナクッテヤル」

鬼ババの笑いを
私は笑った。
それから先は

うっすら口をあけて
寝るよりほかに私の夜はなかった。

子供

子供。
お前はいまちいさいのではない、
私から遠い距離にある
ということなのだ。

目に近いお前の存在、
けれど何というはるかな姿だろう。
視野というものを
もっと違った形で信じることが出来たならば

ちいさくうつるお前の姿から
私たちはもっとたくさんなことを
読みとるに違いない。

頭は骨のために堅いのではなく
何か別のことでカチカチになってしまった。

子供。
お前と私の間に
どんな淵があるか、
どんな火が燃え上がろうとしているか、
もし目に見ることができたら。

私たちは今
あまい顔をして
オイデオイデなどするひまに

も少しましなことを
お前たちのためにしているに違いない。
差しのべた私の手が
長く長くどこまでも延びて
抱きかかえるこのかなしみの重たさ。

表札

自分の住むところには
自分で表札を出すにかぎる。

自分の寝泊りする場所に
他人がかけてくれる表札は
いつもろくなことはない。

病院へ入院したら
病室の名札には石垣りん様と
様が付いた。

旅館に泊っても
部屋の外に名前は出ないが
やがて焼場の鑵《かま》にはいると
とじた扉の上に
石垣りん殿と札が下がるだろう
そのとき私がこばめるか?

様も
殿も
付いてはいけない、

自分の住む所には
自分の手で表札をかけるに限る。

精神の在り場所も
ハタから表札をかけられてはならない
石垣りん
それでよい。

くらし

食わずには生きてゆけない。
メシを
野菜を
肉を
空気を

光を
水を
親を
きょうだいを
師を
金もこころも
食わずには生きてこれなかった。
ふくれた腹をかかえ
口をぬぐえば
台所に散らばっている
にんじんのしっぽ
鳥の骨
父のはらわた
四十の日暮れ
私の目にはじめてあふれる獣の涙。

夜毎

深いネムリとは
どのくらいの深さをいうのか。
仮りに
心だとか、
ネムリだとか、
たましい、といった、
未発見の
おぼろの物質が
夜をこめて沁《し》みとおってゆく、
または落ちてゆく、
岩盤のスキマのような所。
砂地のような層。

それとも
空に似た器の中か、
とにかくまるみを帯びた
地球のような
雫のような
物の間をくぐりぬけて
隣りの人に語ろうにも声がとどかぬ
もどかしい場所まで
一個の物質となって落ちてゆく。
おちてゆく
その
そこの
そこのところへ。

旅情

ふと覚めた枕もとに
秋がきていた。

遠くから来た、という
去年からか、ときく
もっと前だ、と答える。

おととしか、ときく
いやもっと遠い、という。

では去年私のところにきた秋は何なのか
ときく。

あの秋は別の秋だ、
去年の秋はもうずっと先の方へ行っている
という。

先の方というと未来か、ときく。
いや違う、
未来とはこれからくるものを指すのだろう?
ときかれる。
返事にこまる。

では過去の方へ行ったのか、ときく。
過去へは戻れない、
そのことはお前と同じだ、という。

秋
がきていた。

遠くからきた、という。
遠くへ行こう、という。

海辺

ふるさとは
海を蒲団《ふとん》のように着ていた。
波打ち際《ぎわ》から顔を出して
女と男が寝ていた。

ふとんは静かに村の姿をつつみ
村をいこわせ
あるときは激しく波立ち乱れた。

村は海から起きてきた。

小高い山に登ると
海の裾は入江の外にひろがり
またその向こうにつづき
巨大な一枚のふとんが
人の暮しをおし包んでいるのが見えた。

村があり
町があり
都がある
と地図に書かれていたが、

ふとんの衿から
顔を出しているのは
みんな男と女のふたつだけだった。

島

姿見の中に私が立っている。
ぽつんと
ちいさい島。
だれからも離れて。

私は知っている
島の歴史。
島の寸法。
ウエストにバストにヒップ。
四季おりおりの装い。
さえずる鳥。
かくれた泉。

花のにおい。

私は
私の島に住む。
開墾し、築き上げ。
けれど
この島について
知りつくすことはできない。
永住することもできない。
姿見の中でじっと見つめる
私――はるかな島。

えしゃく

私は私をほぐしはじめる。
おさない者に
煮魚《にざかな》の身を与える手つきで
風の中で薄れて流れる雲の方向で
種子《たね》を播《ま》く畑の土を鋤《す》き返す力で
青いりんごが季節を迎え
熟れてゆくあの頃合いで
亡母の手編みのセーターを解いてゆく
古いちいさい形への愛惜で

満ちた月はその先どうするか
飽きることなく教えつづけてくれた
あの方のほうへ会釈して
いまは素直にほぐしはじめる。

崖

戦争の終り、
サイパン島の崖の上から
次々に身を投げた女たち。

美徳やら義理やら体裁やら
何やら。
火だの男だのに追いつめられて。

とばなければならないからとびこんだ。
ゆき場のないゆき場所。
(崖はいつも女をまっさかさまにする)

それがねえ
まだ一人も海にとどかないのだ。
十五年もたつというのに
どうしたんだろう。
あの、
女。

健康な漁夫

天空に海苔シビのようなものが並び

家ごとにテレビのアンテナが並び。

光や風や水滴の中の
おりのような
こけのような
かすのような
人間の影像がひっかかり

少しづつたまり。

いまや季節の当来。
晴れた日、
寒冷に舟をやって、
アンテナに生えた海苔のようなものを集め。

人間が食糧として好む、

有名
光栄
満足
等を。
簀《す》にうっすらのべて
干上がるのを待っている。
向こう岸で
赤銅色に焦げている漁夫とその家族。

貧しい町

一日働いて帰ってくる、
家の近くのお惣菜屋の店先きは
客もとだえて

売れ残りのてんぷらなどが
棚の上に　まばらに残っている。

そのように
私の手もとにも
自分の時間、が少しばかり
残されている。
疲れた　元気のない時間、
熱のさめたてんぷらのような時間。

お惣菜屋の家族は
今日も店の売れ残りで
夕食の膳をかこむ。
私もくたぶれた時間を食べて
自分の糧《かて》にする。

それにしても
私の売り渡した
一日のうち最も良い部分、
生きのいい時間、
それらを買って行った昼間の客は
今頃どうしているだろう。
町はすっかり夜である。

落語

世間には
しあわせを売る男、がいたり
お買いなさい夢を、などと唄う女がいたりします。
商売には新味が大切

お前さんひとつ、苦労を売りに行っておいで
きっと儲かる。
じゃ行こうか、と私は
古い荷車に
先祖代々の墓石を一山
死んだ姉妹のラブ・レターまで積み上げて。

さあいらっしゃい、お客さん
どれをとっても
株を買うより確実だ、
かなしみは倍になる
つらさも倍になる
これは親族という丈夫な紐
ひと振りふると子が生まれ
ふた振りで孫が生まれる。
やっと一人がくつろぐだけの

この座布団も中味は石
三年すわれば白髪になろう、
買わないか？

金の値打ち
品物の値打ち
卒業証書の値打ち
どうしてこの界隈《かいわい》では
そんな物ばかりがハバをきかすのか。

無形文化財などと
きいた風なことをぬかす土地柄で
貧乏のネウチ
溜息のネウチ
野心を持たない人間のネウチが
どうして高値を呼ばないのか。

四畳半に六人暮す家族がいれば
涙の蔵が七つ建つ。

うそだというなら
その涙の蔵からひいてきた
小豆は赤い血のつぶつぶ。
この汁粉　飲まないか？
一杯十円、
寒いよ今夜は、
お客さん。

どうしても買わないなら
私が一杯、
ではもう一杯。

海のながめ

海は青くない
青く見えるだけ。

私は真紅の海
海に見えないだけ。

生まれたときから皮膚は
からだ全体をおしつつみ
いつも細かく波立っていた。
そして自分の姿
私をとりかこむすべて
岸辺という岸辺に

打ち寄せ打ち寄せてきた。

けれどどんなことをしても
私の波立つ血が私を離れて
あの陸地、
と呼ぶ所にあがることは出来なかった。

太陽にあたためられる表皮
つかの間の体温
内部にひろがる暗い部分は
冷えた祖先の血の深み。

もういわない、
私が何であるか
食卓でかみ砕いたのは岩
町で語りかけたのは砂

森で抱きしめたのは風
それだけ。

両手を顔にあてれば
いつかはげしく波立ちはじめる、
落日の中
暮れてゆく
みえなくなる
女。

土地・家屋

ひとつの場所に
一枚の紙を敷いた。

ケンリの上に家を建てた。
時は風のように吹きすぎ
地球は絶え間なく回転しつづけた。

不動産という名称はいい、

「手に入れました」
という表現も悪くない。

隣人はにっこり笑い
手の中の扉を押してはいって行った。

それっきりだった
あかるい灯がともり
夜更けて消えた。

ほんとうに不動なものが
彼らを迎え入れたのだ。
どんなに安心したことだろう。

鬼の食事

泣いていた者も目をあげた。
泣かないでいた者も目を据えた。

ひらかれた扉の奥で
火は
矩《く》形にしなだれ落ちる
一瞬の花火だった。

行年四十三才
男子。

お待たせいたしました、
と言った。

火の消えた暗闇の奥から
おんぼうが出てきて
火照《ほて》る白い骨をひろげた。

たしかにみんな、
待っていたのだ。

会葬者は物を食う手つきで
箸を取り上げた。

礼装していなければ
恰好のつくことではなかった。

愚息の国

あなたはどなたでいらっしゃいますか。
ロケットが、もう月の世界にとどいている
一九六〇年の一月一日
新聞をひらけば
我が子を「日の御子《みこ》」と呼んで
その結婚をことほぐあなたの歌がのせられている。
元来つつしみ深い日本の庶民たちは

賢い子供も愚息と呼び
トン児などと言い捨ててきた。

正月気分で街に出れば
年令はこの国の皇太子がらみ
丈高く面影うつくしい若者がいて
片手に大きなプラカードを持ち
さあいらっしゃい、遊んでらっしゃい
おたのしみはこちら。

指さす戸口にはパチンコ屋の騒音が
チンチンじゃらじゃらとあふれでている。
これはどなたの御子、か。

晴着を持たないひとりの女が外から帰り
すり切れた畳の部屋で

「ついこの間
一杯の塩もない新年があった」
と呟きながら
餅焼網で餅を焼けば
白い餅よりもたしかな手ざわりで
喜びはかなしみに
愛はいかりに　裏返され。

しかも家族はめでたくて
地続きに住む雲上人の御慶事に
目を輝かせているばかり。

日、とは抽象。
御子、は尊称。

そこぬけに善意の御方とうかがえば

善とは何でありましょう。
あなたはどなたでいらっしゃいますか。

銭湯で

東京では
公衆浴場が十九円に値上げしたので
番台で二十円払うと
一円おつりがくる。

一円はいらない、
と言えるほど
女たちは暮しにゆとりがなかったので
たしかにつりを受け取るものの

一円のやり場に困って
洗面道具のなかに落したりする。

おかげで
たっぷりお湯につかり
石鹸のとばっちりなどかぶって
ごきげんなアルミ貨。

一円は将棋なら歩のような位で
お湯の中で
今にも浮き上がりそうな値打ちのなさ。

お金に
値打ちのないことのしあわせ。

一円玉は

千円札ほど人に苦労もかけず
一万円札ほど罪深くもなく
はだかで健康な女たちと一緒に
お風呂などにはいっている。

公　共

タダでゆける
ひとりになれる
ノゾミが果たされる、

トナリの人間に
負担をかけることはない
トナリの人間から
要求されることはない

私の主張は閉めた一枚のドア。

職場と
家庭と
どちらもが
与えることと
奪うことをする、
そういうヤマとヤマの間にはさまった
谷間のような
オアシスのような
広場のような
最上のような
最低のような
場所。

つとめの帰り

喫茶店で一杯のコーヒーを飲み終えると
その足でごく自然にゆく
とある新築駅の
比較的清潔な手洗所
持ち物のすべてを棚に上げ
私はいのちのあたたかさをむき出しにする。

三十年働いて
いつからかそこに安楽をみつけた。

弔詞

職場新聞に掲載された一〇五名の
戦没者名簿に寄せて

ここに書かれたひとつの名前から、ひとりの人が立ちあがる。

ああ　あなたでしたね。
あなたも死んだのでしたね。

活字にすれば四つか五つ。その向こうにあるひとつのいのち。
悲惨にとぢられたひとりの人生。

たとえば海老原寿美子さん。長身で陽気な若い女性。一九四五年三月十日
の大空襲に、母親と抱き合って、ドブの中で死んでいた、私の仲間。

あなたはいま、
どのような眠りを、
眠っているだろうか。
そして私はどのように、さめているというのか？

死者の記憶が遠ざかるとき、
同じ速度で、死は私たちに近づく。
戦争が終って二十年。もうここに並んだ死者たちのことを、覚えている人も職場に少ない。

死者は静かに立ちあがる。
さみしい笑顔で
この紙面から立ち去ろうとしている。忘却の方へ発《た》とうとしている。

私は呼びかける。

西脇さん、
水町さん、
みんな、ここへ戻って下さい。
どのようにして戦争にまきこまれ、
どのようにして
死なねばならなかったか。
語って
下さい。

戦争の記憶が遠ざかるとき、
戦争がまた
私たちに近づく。
そうでなければ良い。

八月十五日。
眠っているのは私たち。

苦しみにさめているのは
あなたたち。
行かないで下さい　皆さん、どうかここに居て下さい。

唱　歌

みえない、朝と夜がこんなに早く入れ替わるのに。
みえない、父と母が死んでみせてくれたのに。

みえない、
私にはそこの所がみえない。

（くりかえし）

生えてくる

私の家はちいさいのに暮しが重い。
二本の足で支えているのに
屋根がだんだんずり落ちてくる。

しかたがないので
希望とか理想とか
幸福とかいうもの
それらの骨格のようなものを
ひとつずつぬき捨て
ついに背骨までひきぬいてしまい
私のからだはぐにゃぐにゃになってしまい。

どうぞこの家、

過去のしがらみ、
仏壇ばかりにぎやかに
仏壇の中に台所まであり
毎日の料理もそこでつくられる
その味わいの濃さ
血の熱量に耐えられますように
と両手のなかで祈るうち。

私の胴体からは
タコみたいな足が生えて
四本も五本も生えて
八本にもなって。
さあこれでどうやら支えられると安堵したら
その足を食べにくる
見たような顔をした不思議な人間。

あなたは?
と聞けば
親だという
誰々だという
忘れたの?
という。

私は首をふって涙をこぼす、
いいえ
私の同族ではない
私はタコです、人間ではない。

けれどタコの気持は人間に伝わらなくて
八本の足が食べられる
きのう一本、今日一本。
悲しまぎれに

六本足を食べられた、
と言いふらしたら
人間の足はもともと二本
二本足の人間なら
言ってならないことがある。

と、私を愛する家族がいう。
口をとがらせてみても
吸いこんでみても
広い、深い
正真正銘の愛というものが
海のようにとりまくので
かぎりなくとりまくので
私の足は減ったところから
またどうにか食べられそうな恰好で
生えてくる。

村

ほんとうのことをいうのは
いつもはずかしい。
伊豆の海辺に私の母はねむるが。
少女の日
村人の目を盗んで
母の墓を抱いた。

物心ついたとき
母はうごくことなくそこにいたから
母性というものが何であるか
おぼろげに感じとった。

墓地は村の賑わいより
もっとあやしく賑わっていたから
寺の庭の盆踊りに
あやうく背を向けて
ガイコツの踊りを見るところだった。

叔母がきて
すしが出来ている、というから
この世のつきあいに
私はさびしい人数の
さびしい家によばれて行った。

母はどこにもいなかった。

儀式

母親は
白い割烹着の紐をうしろで結び
板敷の台所におりて
流しの前に娘を連れてゆくがいい。

洗い桶に
木の香のする新しいまないたを渡し
鰹でも
鯛でも
鰈《かれい》でも
よい。
丸ごと一匹の姿をのせ

よく研いだ庖丁をしっかり握りしめて
力を手もとに集め
頭をブスリと落とすことから
教えなければならない。
その骨の手応えを
血のぬめりを
成長した女に伝えるのが母の役目だ。

パッケージされた肉の片々《へんぺん》を材料と呼び
料理は愛情です、
などとやさしく諭すまえに。
長い間
私たちがどうやって生きてきたか。
どうやってこれから生きてゆくか。

略歴

私は連隊のある町で生まれた。
兵営の門は固く
いつも剣付鉄砲を持った歩哨が立ち
番所には衛兵がずらりと並んで
はいってゆく者をあらためていた。
棟をつらねた兵舎
広い営庭。
私は金庫のある職場で働いた。
受付の女性は愛想よく客を迎え

案内することを仕事にしているが
戦後三十年
このごろは警備会社の制服を着た男たちが
兵士のように入口をかためている。

兵隊は戦争に行った。

私は銀行を定年退職した。

東京丸の内を歩いていると
ガードマンのいる門にぶつかる。
それが気がかりである。

私は宮城のある町で年をとった。

行く

木が
何年も
何十年も
立ちつづけているということに
驚嘆するまでに
私は四十年以上生きてきた。

草が
昼も夜も
その薄く細い葉で
立ちつづけているということに
目をみはるまでに

さらに何年ついやしたろう。

木は
木だから。
草は
草だから。
認識の出発点は
あのあたりだった。
そこから
すべてのこととすれ違ってきた。

自分の行く先が
見えそうなところまできて
私があわてて立ちどまると
風景に
早く行け、と

追い立てられた。

定　年

ある日
会社がいった。
「あしたからこなくていいよ」
人間は黙っていた。
人間には人間のことばしかなかったから。
会社の耳には
会社のことばしか通じなかったから。
人間はつぶやいた。

「そんなことといって！
もう四十年も働いて来たんですよ」

人間の耳は
会社のことばをよく聞き分けてきたから。
会社が次にいうことばを知っていたから。

「あきらめるしかないな」
人間はボソボソつぶやいた。

たしかに
はいった時から
相手は会社、だった。
人間なんていやしなかった。

遙拝

いつか一度、
と思う。
前にさんざんやったことを
今やれないはずはない、と。

犬をけしかける要領で
魂をけしかけてみる。
道端でいいんだ
職場でいいんだ
どこにいても。
ひとつの場所、遠いひとりの人の方角に
ふかぶかと頭を下げてみる。

いちどやって見れば
事態はもう少し明瞭になるかも知れない。

町

いいかい
いっておくけれど
あっちへ行くのではない。
チンドンヤが
ベッタリおしろいを塗って
カネやタイコで人集めをしている
にぎやかで面白そうな広場。
欲しがるんじゃない
たくさんな広告と

少しばかりの景品。
あれはみんなむこうだけの都合
おひろめだけが商売。
なんという古い装束だろう。
海の近いこの町で
いま活気づいているのはあそこだけ。
心を明け渡したような顔をして
ついて行くんじゃない。
ああみんな行ってしまった
私も行ってしまった。

へんなオルゴール

ところは銚子
ある年　海に近い国民宿舎で

歴程夏のセミナーが開かれた。
二日目遅れてかけつけた私が夕食を終えたころ
玄関ロビーに見知らぬ紳士の来訪あり
古本屋で買ったアナタの詩集『表札など』に
サインせよ　とはかたじけない。
そのとき本の間にはさんであったのも
捨てずにおきましたと。
捨てないばかりか
ひらいて見せた扉の上にぴったりはりつけてあった
一枚の名刺
丸山薫様　石垣りん
おお　帆・ランプ・鷗！
ここは夜の砂丘荘
どうしてうらんだり
かなしんだりいたしましょう。
売って下さったのですか　無理もないと

それゆえになお忘れ難くなった詩人よ。
いまも銚子の空の下で
ひとりの紳士が一冊の本をひらくと
丸山薫さま　石垣りんです
と明るいうたがひびき出す
それはたしかに私の声
私の耳にも届かぬのは
波がさらって行くからです。

追悼

今日より石原吉郎氏を記念して
アパートの浴槽を
足利湖と呼ぶ。

ヨシロウ湖でもよいが
最後の詩集名を
日常の片隅にとどめよう。

家庭
という原生林の奥
一日を登りつめたあたりに
その湖は光る。

いっとき沸騰したりするが
ガスだけで沸くものでもない
人間が生きているから
煮えたぎりもするのだ。
(浴槽には一箇所だけ
　足の立たない深さがある)

吉郎さんよ
苦労ばかりしてさ
その重たさで存在したような貴方は
最後に葡萄酒一杯かたむけ
天然の位置を定めにかかった。
齢六十二
晩秋の朝の出来事
少し白いものをいただく頭だけ出して
肩まで身を沈めると
山のように
君はもう動こうとしなかった。
ああ　そうさ
湖も　ひとも
もとの冷たさに還ってそのままさ。

湯船に映るのは
生死さかさの笑顔。
私は胸まで熱くして
遙かな山上湖を思うよ。

石原さんがいなくなって
はじめての春が来ようとしている。

神楽坂

いつか出版クラブの帰りみち
飯田橋駅へ向かって
ひとりで坂を下りてゆくと。
先を歩いていた山之口貘さんが

立ち止まった。
貘さんは
背中で私を見ていたらしい。
不思議にやさしい
大きな目の人が立ちはだかり
あのアタリに、と小路の奥を指さした。
「ヘンミユウキチが住んでいました」
ひとことというとあとの記憶が立ち消えだ。
私は「このアタリに」と指さしてみる。
山之口貘さんが立っていた、と。

まこちゃんが死んだ日

まこちゃんが　死んだ日
わたしは　ごはんたべた

まこちゃんが　死んだ日
わたしは　うちをでた
まこちゃんが　死んだ日
そらは　晴れていた
まこちゃんが　死んだ日
みんなで　あつまった
まこちゃんが　死んだ日
夜は　いつもの通り
まこちゃんが　死んだ日
では　さようなら

ケムリの道

服役者平沢貞通は
帝銀事件犯人として扱われてきた。
逮捕後二十六年
もしかしたら平沢氏は
ほんとうの犯人ではないのではないか、
という人々の思いが
ケムリのように世間に立ち昇った。
そのケムリのような道を
八十二歳の平沢氏は病篤く
担架に乗せられ
東北大附属病院まで送られて行った。
そしてまた宮城刑務所というところへかえされて行った。

ケムリのような道は町の大通りで
平常大ぜいの市民のかよう道である。
大通りというのは心細い道である。
両側に国家という家がたち並ぶ間で
いつ消えるかも知れないのである。

風俗

このごろ
死体が靴を履き始めた。

高速道路だの
建築工事場だの
炭鉱の暗がりだのでは
なるほど

素足というわけにはゆくまい。

死んだら歩かなくてもいい。
行くところへ送り届ける。
というのは
この国の法律だった。

それを政府がまもらないので
土気色の顔をして
靴をはいた死人がフラフラたち上がる。
生者《せいじゃ》に混じってさまよう。

そのにぎわいを知っているから
ベッドで息を引きとった者まで
このごろ靴を履きたがる。

十三夜

いま私の住んでいる所が
東京都品川区
などといっても
まるきり通用しない老人を相手に
そうだ
コオロギが鳴いていました、
と語りかける。
露地裏といったところで
借家といったところで
どんなものかやはり忘れてしまっている
老人に
出てくるとき十三夜でした、
というとにっこり笑う。

素晴しく老けてしまった
百歳どころではない
人間の歴史をすっかり通りぬけてしまった
老人のそばで
みやげの二十世紀をむき
茶を入れながら
わかってもらえる話をしようと
膝をすすめる。

河口

足は歩いてきた道の長さに伸びる。
頭を高くして人が横たわるとき
世界は両岸まで近づいた。

血は流れる
やすむことなく。
目は届かない
川の行く先まで。
けれど私は感じる
はるかな河口。
私の姿の終わる場所。
そこですべてがたいらになる足裏のあたりに
海が来ている。

ことば

生き生きと
こころに浮かんだ詩の一行が
ふと逃げてしまうことがある。
釣りそこねた魚のように
それっきりのこともあれば
月日をへだてて
また目の前にあらわれることもある。

昨年六月
沖縄の海中展望塔で巡り会った
大きな石鯛ほどの魚。
ガラス窓ごしに私の方をまじまじと見ながら

悠然と去り
また現われて去って行った。
あれは何？
私を見たあの目は？
あの魚にとって
私がことばでないと言えようか。

木のイメージ

台風による大雨洪水で
家が押し流され
たくさんの人が死ぬと
山の乱伐がたたったのだと言われる。
経済成長が山野の荒廃をもたらしていると。

戦後三十八年たって私の一ＤＫは
増え続ける印刷物の攻勢に
布団の四隅も浮き上がるほどになった。
来る日も来る日も寄せてくる
郵便物雑誌詩歌集。

それは私が敗戦後の造成地のような領域で
詩を書いてきたこと
紙を使って何冊かの本を出したことに由来する。
私は活字に流されながら溺れながら
そうだ木を植えて来なかった、と叫ぶ。

山に木を植えましょう！
叫びながら濁流に呑まれた。

還暦

あれは大正が昭和に変ろうとする
そのころでした。
私はバスケット提げて
小学校の附属幼稚園に通っていました。
幼稚園の建物は細長く
細長い廊下に沿って
細長い庭がありました。
庭のうしろは歩兵連隊の高い土手
場所は東京赤坂
乃木神社の坂下でした。
木造の教室で一日の授業が終ると
女先生のオルガンに合わせ
円形に並べられた机のまわりを

歌いながら足踏みながら
一列になって回りました。
〝先生ごきげんさようなら
皆さんごきげんさようなら〟
その子たち
昭和も半世紀を過ぎた今年の春
集って還暦を祝いました。
人生の教室では
戦争も終了
繁栄も頭打ち
会社も定年
私たちのバスケットもからっぽ。
酒杯かわして飲みましょう。
足踏みながら日の丸の旗の
赤い円形を回って歌いましょう。
〝先生ごきげんさようなら

皆さんごきげんさようなら〟

跳　躍

私の住む町は坂が多い。
なかでも一本は
両側に住宅が並んでいるまっすぐな道で
下から見ると
道幅いっぱい空が見える。
空の果てまでも行けそうな気持になる。
買物籠を下げて私は
ときどき用もないのに
その静かな坂道を上ってゆく。
坂のてっぺんにあるはずの
一枚のダイビングボードめざして。

上りつめて試みる一瞬の跳躍。
髪も心も
深い空の光に濡らして
もと来た道を下りてくる。
下りる外ない坂道である。
さわやかに下りてくる。

青い鏡

雲の中を飛んでいたジェット機が
突然海の上に出ると
波にふちどられた小さな島が
眼下にひとつ現われ
次にまたひとつ姿を浮かべ。
やがて機首を下げ

沖縄本島へとすべり込んだ。

南部戦跡にある戦争資料館で見た
いびつの水筒
「振ってみて下さい」
と、そばに書いてあった。
乾ききった喉で
死んで行った人の口が
水筒の口をいまだに開けさせない。
振ると水の音がした。

ひめゆりの塔の洞窟も
司令部あとの岩窟も
暗く入口をとざしていた。
過去はみんな口をふさいでいた。

祖国復帰したけれど
住民は広い面積の基地を囲む
金網の外で暮らしていた。

青く光る海だった。

振り返ると沖縄は
合わせ鏡に映った
日本本土の島影に見えた。

兵士の世代

聞くところによると
黒田三郎さんは
誰も気付かぬ間に息絶えていたという。

看護婦さんが気付いたとき
既に死後硬直は始まっていて
開いた瞼を完全に閉じさせるのが
むつかしかったという。

通夜から帰った後で
そのことを会田綱雄さんに電話で伝えると
いい死に方だねえ
黒田君のいいとこだねえ
と言い、私は
私もそう思いました、と答えた。

医者も看護婦も設備もすっかりそろっている
都内の大病院で
妻も二人の子もいて

どうしたらそんな遠い時間
そんな手の届かない場所を
選ぶことが出来たのか。

新聞には午後三時五十三分死去とあったけれど
私はその時刻を信じることが出来なかったし
とにかくその日、午後の時間の
誰も知らない隙間を抜けて
旅立って行ったような気がする。
すらりとした背丈の
少し前こごみの姿勢で
あくまで柔和な表情で。

行年六十歳
昭和五十五年一月八日のその旅と
黒田さんが若い日

戦争中に旅立って行った
南方への船旅とを、私は重ね合わせる。
大日本帝国がおびただしい人間を外地に送り
戦火にさらした
多くが看取られることなく倒れて行った
その死と
平和な今日の死とを重ね合わせる。

黒田さんの静かな闘争
酒煙の中の咆哮
首ねっこをおさえられ
突き刺さってきた癌の刃の下の抵抗。
ついに兵士の世代に終始した
黒田さんの最後。

ベッドは

何か理不尽なものの力が
冷酷に見離した位置で
小さな孤島の如くその時刻
病院の一室に浮かんでいたに違いない。
ベッドには周囲への孤絶を語る
深い波が押し寄せ
押し寄せていたに違いない。

黒田三郎さんの死を
誰が見届けたと言うのか。
私も見なかった
誰も見たと言うな。
黒田三郎さんの死は遠すぎる
あなたの死の現場はあまりに遠すぎる。

坂道

若い詩人が
石垣さんに詩集の序文をたのんで
断られましたと
黒田三郎さんに告げたら
おりんちゃんに
そんなことたのんでは可哀相だ
と答えたそうだ。
黒田さんは私をよく知っているから
ほんとうに有難いと思った。

ある集会で
はじめて会った小学校の先生が
二次会果てた後も話し続け

こんなこと
なんですが
とためらいながら
黒田先生がおりんちゃんは
下り坂だとおっしゃってました
あ
ごめんなさい
言わないほうが良かったかしら
と付け足した。

それは
黒田さんが言うのだから
当っているに違いないと思い
有難かった。

あれからずっと

私は下り坂を来ている。
振り返ると
坂の上で黒田さんが
手を振っている。

洗剤のある風景

夕暮れの日本海は曇天の下
目いっぱいの広がりで
陸地へと押し寄せていた。
列車は北へ向かって走っていた。
ふと速度が落ち
線路脇に建つ家の裏手をかすめる。
台所らしい部屋のあかり
窓際に洗剤が一本

小さな灯台のように立っていた。
大波が来たら家もろとも
たちまちさらわれそうな岸辺に。
何というはるかな景色だったろう
——あそこに人間の暮らしがある。
乳白色のさびしい容器を遠目に
私はその先の旅を続ける。

レモンとねずみ

きのう買っておいた
サンキストレモンの一個がみつからない
どうやらねずみがひいて行ったらしい。

今ごろ　黒い毛並のチビが
つやつや光る黄色い果実をかかえこんで
つぶらな眼をキョロリと光らせていることを思うと
狭い我が家の天井裏が宮殿のようだ。

木枯が　玄関から台所に
こっそりぬけてゆくような
侘しい私の暮しむき

『レモンとねずみ』

強い雨が降れば
したたかにもる屋根の下で
ながいこと親しむことを知らない
いじらしい同居人が
美しいものを盗んで行った。
(おお、私も身にあまるものを抱えこんでみたい)

今宵　頭上の
暗い、ほこりまみれの場所に
星のような灯がさんぜんとともるのを
私は見た。

すべては欲しいものばかり

ナンニモイラナイ
なんにもいらない
何にもいらない

三遍となえて
おじぎする

欲ばりおりんの
朝のお経

ナンにもいらない
なんにもいらない
なんにもいらない

三べんうたって
恋をする

ものほしそうな
おりんのねごと
なんにもいらない
なんにもいらない
なんにもいらない

三べんつぶやき
はしをとる

いらないおりんの
くいしんぼう

いらないはずのべべをきて
いらないはずの年とって
いのちひとつをもてあます
そのゆたかさをもてあます

ああいらない
なんにもいらない
いりません。

年を越える

そして　さしかかる
峠
私たちは登りつめる。

一年の終わりの何日かを
どうしても
どうしてか
越えなければならなかった。
だれと約束したのでもない
そのことじたい目的があるわけでもない。
そういう旅を人は強いられていて
急ぐ。
なぜか　この道はさびしい。
多勢の足音がきこえているのに
みんなひとりの峠を越えてゆく。

ゆたんぽ

寒い夜です

足が冷えて
なかなか寝つかれません

こんな夜
おじいさん
あなたに入れてあげたゆたんぽを思い出します。

湯気を立てて
じゅっ、とうなりながら
口をとざすゆたんぽ

翌朝
寝床からとり出され
冷えてゆく湯のように
あなたの体温は冷たくなり
どこかへ

流し、捨てられた。

おじいさん
あの行方、

私のふくらんだ乳房は
たたくと
カランと音たてる
ゆたんぽの容器のように
わびしい私の持ち物です。

いじわるの詩

お義母さん
これはあなたの家庭です

この家にひと組の夫婦
人間のいとなみを持つものは
もう働くことの出来ない私の父と、あなただけ。
私は働いてあなた達ふたりと
失業の弟ふたりを養うが
これは私の家庭ではない。
この家に必要なのは
もはや私ではなく、私の働き
この家の中に私はこうして坐っているが
月給をいれた袋のよう
私の風袋から紙幣を除くと何もないのだ
この心のむなしさ。
お義母さん
これはあなたの家庭です。

私の日記

朝です
ふすまひとつへだてた、一軒の家の中で
唯、身を横たえて生きている父と、隣り合っている
親子、という緊密な
しかも世代をわかつ二人の人間の間隔が
わずか二、三メートルの差であることを見せられるのは
何という気味の悪さでしょう。

おおいやだ
あの声、タカコオシッコ、という泣き声
あの残された甘やかなもの

幼児の愛らしさと同居しているあの言葉
あの言葉の中のどこに
六十年の歳月があろう？
どれだけの成長があろう？
老いつかれた父の唇にのぼる
あまりに稚拙な生理の表白。

おおその言葉のように
私も父と同居だ
私は今、かろうじて若く
手も足も自分の自由になり
半身不随の父の苦しみを知るよしもない
そのへだたりが僅か二、三メートルであることを
私は見るのだ
私の一生かけた成長のあとが
あの稚拙さで終る日がふすまをへだててありありと見えるのだ。

夜の詩

私の家は十坪の敷地に
二畳と四畳半と六畳
疎開の荷物が山と積まれた
その残りのたたみの上に
二人病人が寝ていれば
玄関を一歩入って
糞尿の匂いが鼻をつく。

獣小屋なら我慢も出来ようが
なまじ人間ゆえに堪えられない
それも他人なら、気取って
私の慈善、私の愛は

適度に湧くこともあろう
私の誇りはこれ程までにきずつくまい。

祖父と父
出来れば親孝行をしたい
身近ないのちのつながり
(優しかった愛の日よ
　その日は暮しもゆたかだった)
それゆえに一層、鼻をつままずにはいられない
この臭気
このかなしみ
この貧乏

義母は町工場へ行ってまだ帰らない
弟は就職先をさがしに行って今日もいない
そして下の弟

脳の足りない少年が
わずかに、私が考えて出来ないオヤコウコウをやってのける。

ああこのあばらや
私のかぼそい働きが
かたむいた柱のように支えている
この家
私の乳房は壁のように落ちそうだ

こうして私のいのちの
さかりの日々はくれるだろう
夜がくると六十しょくの灯りがともる
私の生活の内部は
布団にも畳にも
糞尿の匂いがしみついている

夜だ、夜だ
外はまっくらだもの。

墓

いつか裸になって
骨だけになって
あの家族風呂のようなところへ。

みんなが露天風呂はいいいと言う
たしかに先祖代々
屋根のないところへ入っていった。

あたたかいに違いない。

声

釘に
帽子がひとつ
かかっています。
衣紋《えもん》かけにぶらさがっているのは
ひと揃いのスーツ。

本棚に本
玄関に靴。
石垣りんさんの物です。

石垣りんさんは

どこにいますか？
はい
ここにいます。
はい
このザブトンの温味が私です。
では
いなくなったら片付けましょう。

単行詩集未収録詩篇から

花のことば

昔々　立身出世という言葉がありました。
それはどういうことですか
意味はさっぱりわかりません
咲いている花が　尚その上にお化粧することを考えた
そんな時代の言葉です。

しあわせなことに私たち
唯　咲くことに一生懸命
いのちかたむけて　ひらくばかりの私たち。

（「行友会誌」四号、一九四六年六月）

いくさの季節

爆弾が炸裂して
人間の頸や手足がちぎれ飛び
血がどろどろと流れ出るような
そんな報道から
鼻をつまみたくなるような
臭気が発散しはじめると
わきが病みが
夏、自分のからだに
香水をふりかけるように
あわてて天使だの
勇士、だのと書きたてる、
ああ　あの安香水の

ふんぷんたる季節が
すぐ、そこに来た。

（「職組時評」一九五四年八月一九日）

帰郷

菊薫る日本の秋に
アメリカから買いとられたスクラップに混じって
兵士の白骨が帰ってきた。

名前も、階級も失せた
からりと明るい骨の白さで
「妻よ、子よ
もう思い出さなくて良いのだよ」
そんな愛情をみせて

ふるさとへかえって来た。

そこには出迎える船もなく
しつらえた涙の祭壇もない
むしろ祖国に自分の代価を支払わせ
錆び果てた戦車に乗って
サイパン島から帰って、来た。

この二人の兵士の柩は
何に鋳直されるのであろうか
くらべものにならない白骨と、鉄の比重
国の為に身は鴻毛よりも軽かった
あの、ひと頃が思われる。

そうだ、誰も泣かないでよい
昨日と同じ人が泣くなら

――兵士は
そしてかえって来た。
語ること何もなく
また是非あるかのように

ああこの晴天の
日本のまひるの
と、ある工場の一隅に
誰が仕組んだのでもない自然な物語り

終戦後八年たった時
白骨が鉄の値段で買いとられ
鉄と一緒に、帰ってきた。

(『銀行員の詩集』一九五四年版)

下品な詩

いまから十年も前のこと
東武線佐野駅から私は電車に乗った。
当時の電車は
座席に人がつっ立つほど混雑した。
人いきれに濡れた天井はじっとりと汗をかき
ぎっしりつまった人間の圧力で
ドアが息をするほどであった。
遠くから電車が近付いてくると
駅に待つ客の群れは必死の表情で身構える。
何のために？
自分が乗るために、乗りおくれないために
人をかきわけた。

ああその日
私は素適なチャンスに恵まれた、
どうしたはずみでそうなったのか
他に三人の見知らぬ人と
私は後部車輛の便所の客となったのだ。
しきり一枚へだてた車中が
どれほど苦痛と不快に満ちていようと
ここは着駅ごとの混乱もなく
飛ぶように後ずさりする風景を
ノホホンと眺めて浅草まで送られた。
汚ない筈のきんかくし
それへの配慮も記憶にない
これはすがすがしい旅の思い出である。

　そのすがすがしさについて
十年の尺度をおし当ててみる。

素適な幸運よ
うまくやった者のよろこび、
その安心と、満足。
たとえそこが便所であろうと
しきりをへだてた他の一方との対比において
まさに、特等席であった。
この現実について
この優越について
この安全と快適について、
考える。

私はいっこうに恥ずかしさを知らない
十年は経ったけれど。

（「職組時評」一九五五年八月一五日）

黒い影

五十年
この銀行創立以来働いて
ついこの間やめさせられた老人が私にいう
「もう退職金も食いつぶしてしまった
新宿でサンドイッチマンをしたいと思っても
あれでいろいろむつかしいのです。
もう用もないというのに
からだがなかなか死んでくれない。」

日本の産業金融界に
城のようにそびえるこの建物の
たくさんある窓

その窓のひとつのかたわらで
年若い一人の行員が同僚に話しているのには
「僕が問題にしているのは会社なんだ
　人間の問題ではない。」

デフレ下に沈んでゆく取引先不良会社の
クビキリを論じているのだ、
——ボクガ問題ニシテイルノハ
　人間ノ問題デハナイ
私はつぶやいて、ふとその男を見た。

と、何たることか
何かの片棒をかついで
何かのプラカードをつけた
彼、
サンドイッチマンの姿が影となって

油に光ったリノリュームの床に
ぞっ、と落ちているではないか。

（一九五五年）

ふざけた謝罪

○銀行が首切りを示唆した、といって
△製鋼会社の組合員が銀行へ出かけてゆき
波状で預金デモをやりました。

預金の出し入れを取り扱うのは銀行の組合員です。
小さい窓口を境にしてほんのわずかずつ
互いの手が出たりひっこんだり、しました。

しかし、その手は握られませんでした。

カウンターは大理石造りです
(これをとりこわす時、血が流れるでしょうか、どうか一滴も流れません
ように)

銀行の組合員は悲しくも一ヶ所で
頰かむりをしなければなりません。
今のところ、一応安定したこの生活
美衣とは申しません
が、清潔な衣服と、まあ不自由のない食住
至高とは云わなくても人間、第一の願いです。

頰かむりをとったら?
とんでもないことです
頰かむりこそ皮膚以上に身についたもの
大切なおしきせの一枚です。

ごめんなさい
デフレにあえぐ一般産業労働者のみなさん
資本主義機構の「本丸」にいる組合員です。
ネクタイやハイヒール、
出世だの気取りだの
仕事の他の希望もたくさん持って
出来れば体裁の良い恋もしようというものです。
他にくらべて一寸条件が良いと
人間はこんなにもエゴなものです。
そこで私がおそれるのは
あなたがたも銀行員も同じ人間であること
人間共通な弱さのあることとです。

組合よ、ともに栄あれ、

わずかに、今のところ安泰な
私は銀行従業員です。

（一九五五年）

落　伍

その晩、町が焼けたのです
いのちを
焼いた人も多勢ありました

戦争で。

空襲の余燼をおさえて
私共は焼木杭に札を立てました
「行く先、どこどこ」

そして立去りました
家を、暮しの寄りどころを失った多くの人たちが

あの風景が
ありありと眼に浮かぶのです
あのあとに復興したものは何なのか
私の落着き先はどこだったのか
ここか？

十年、

まがりなりにも屋根があり
たたみがあって
生き残った家族が五人
かろうじて暮してはいるけれど

ああ荒廃

眼に見えないものが
ここでは焼け爛れているのです
愛も
希望も
若さも

ない。

貧しさだけが木札のように立っている
その表に
私は、私の魂は
もう書きしるす行く先を知らない

（その晩

いのちを焼く人もあったのです
火の夜のことでした)。

(「行友会誌」一九五六年一二月二八日発行)

犬

シロや
シロや
私はお前が好きだ
この隣家の犬
責任のない愛の身軽さよ
その身軽さが飛びついてくるようだ。

シロ、

お前のよごれた足をかかえ
おお
愛はこんなのでよい
こんなのでたくさんだ、と思う

家は重すぎる
いかにも重すぎる。

（一九五六年）

駆けだす

出勤時間の九時が近づくと
一分、二分を争って
タッ、タッ、タッと駆けだすのです
時間にまにあうために、

仕事にまにあうために、
でしょうか?
違います。
月給をもらっているため
月給をへらされないため
成績が下がらないため、
どうも、大方
そんなおもわくが主な理由で
大勢の人が駆け出します。
パッ、パッ、パッと
この豆をいるような音、
人間を、舗道にのせて
ほどよくいり上げているような
出勤時の駆け足の音について、
考えます。
私は何に食われようとしているのだろう?

私の焦がされた心臓
卑屈に、ちいさく、かちかちにいられた
この真面目な
気の弱い
オドオドした労働者を
束にして食べるのは誰だろう？
と。

（一九五六年）

この道

メーデーがちょうど日曜にあたった。
だから、私は行った。

というと

労働者としての自覚が足りないと
文句をいう人があるかも知れない。

が、それはあとできこう
現在放棄出来ない職場だってある。

みるがいい、デモ行進の途中
ビルの窓々から手を振っていた多勢の労働者
とある会社の門口で
箒をかかえた掃除婦が何人も手を振っていたあの笑顔。

信頼はそう性急であってはならない。
せっかちに手を組んだって
すぐ離れることもある。
日本の政治家たちがそのいい例だ。

この日、一九五五年のメーデーは
雨が降って(血が降らないことが大切だ)
風が吹いて
外苑いっぱい、傘と旗と、
その下にぎっしり並んだ人々は
ズブ濡れで、泥まみれ
旗はぐったりと重くなり
プラカードの色は、はげ落ちて服にしみ
紙はやぶれ
歌声だけがのこされた。

そうだ、これもまたよい

行進の道々にポスターカラーはにじんで
消えたが
そのように私たちの主張も希望も消えるだろうか?

何も気にすることはないのだ
歌声も消えるだろう
かけ声も消えるだろう
足音も、私たちも消えるだろう
いつか！

しかしのこされてゆくものがある、
確実にのこされてゆくものがある。

行進ははじまり
おどろくほどの長さで連なり
前へ、と進んだ。

私たちの歩くこの道

誰も、あとへもどらないこの道である。

（一九五六年）

発　言

朝と夜が密接な関係でつながれているように
私の家と、勤め先である銀行とも、またひとつの関係にある
朝起きて出勤する、夕方、同じ道を戻る
このじゅんかんは、文字通り私の歩く道、私の血が通う道、である。

しかし、この関係はちいさい
まるで人体における毛細管のように、毛細管はその本人にさえ気付かれない
そのような宿命にある。

私の規則正しい勤務
私をそのように運命づけている、朝夕の歩行
私の生きる一筋の道
も、雑沓する都会の群集をぬって、はうように、かろうじて通じる一本の
糸のような、いのちの流れにすぎない、
と思う。

思うそばから、熟れた果実のように内がわからこぼれるほどの人間をつめ
た満員電車
ラッシュアワーのまっただ中で、ピタリ、とくっつき合った他人の心臓が
とくとく、と鳴っていたりすると
その人の通勤路、と私の通勤路、との、まったくの違いが不思議になる。

おお、つとめ人！
あなたは何処に所属するのか、
あなたはどの家と、どの会社との間を巡るのか。

肩にひとつ、ひとつ、ちいさな頭をのせて
そうして二本の足が胴体から離れがたく一人のいのちを支え、通勤させて
いるけれど、
あなたの所属する会社、という現代の生きもの、人間よりはやや大きな、
或いはまったく巨大な生き物はなにか。
知らない、おそらく、知っていても忘れている、または知らないふりをし
ている
どれもこれも、毛細管だ。

毎朝、私は冷たいコンクリート作りのビルのなかに入ってゆく
大勢の仲間と一緒に出勤し、展いた窓の内側に灯りをつけ、血を通わせ、
声や、匂いやで満す。
すると、動き出すのだ、私の場合、銀行　という、この人間でない生きも
のが、今日から明日に向って、動き出すのだ。
掌を陽光にかざすように、私はビル街、とよぶ、丸の内の、まっ四角な建

物の中を透かしてみる。
すると、石作り、コンクリート作りの肌の奥で真紅にからみ合い、通い合っているものがありありと見える。

友よ、ちいさな毛細管の束になった我等よ、
屋上へ行ってみよう。
この四角い、不思議な生きものが、隣りや、またその向うの企業体と、肩を組み合ったり、小突き合ったりしながら、どこかへ歩いてゆくのが見えるだろう
どこへ行くのかわかるか？
私は、そのゆく先について発言しなければならないと、この頃しきりに、あせるのだ。

（一九五六年）

掌上千里

七階にある行員食堂で
あたたかい昼食をすませ
私はひとり屋上へ出た。

太陽はそこにさんぜんと輝き
建築工事人夫等
手持の弁当にかかっていた。
コッペパンをかじる者
アルミの箱をひらくもの、
強い風の吹く中で
椅子も
テーブルも
一杯の茶のサービスも

ない。

我ら腕を組んで
給与を上げよ、と叫び
賞与をふやせ、と闘うが
彼等のために一杯の茶を要求することを
しなかった、
それは、去年のことである。

この鋼鉄の階層に
今日さんぜんとそそぐものは
太陽ではない、
私はあわてて六階に降りてみた
五階に行ってみた
他のビルにはいってみた
孫悟空よろしく

外国までも
ひと飛びに駆けてみた。
すると我らの前にあるものは
わずかに一杯の茶であり
美しいテーブルでしかなかった。
何かが風のように頰をうつなかで
私の魂がひらく弁当の、この冷飯。

（「職組時評」一九五七年一月四日）

記憶

丸の内の一角に
時計台がそびえている

八階建ビルの屋上からせり上っている
四面の文字盤。

ある日
そのうちの一面だけがそっくり取り除かれた
のっぺりと白の平面から
数字の跡と針の穴が空洞のようにのぞいている。

人はそれをあおいで目をそらせた
(予期していた時刻がそこにない)
すべての視点は
他の三面の中にすべりこんでいった。

光にみちた空
アドバルーン
ビルの階層にぎっしり生きている人間

うごめく電車、自動車
わきあがる噪音
を
そぎ落し
針のない時計は
どこか遠い、外側を向いているようだ。

この地帯にあらわれた
へんに大きな
目も鼻も口もない顔のようである
そういえば時計台の出来る前から
あれは、あった。

（「濤」一九五七年七月一〇日）

それから

私はハンドバックに
種苗会社から送ってもらった
花の種をいくつかいれている。

これを持って満員電車にゆられ
職場へ通う
紙袋に刷られた五色の花の色どりは
明日ひらくものを約束している。

昨日考えた私の未来は
今日、このようにみすぼらしく
丸の内の石だたみの上

人間の足の下に頭をおさえられて
自分を生かしようもなく
使い果されているけれど、

ここに種がしまってある
ということを
私は時々サラサラとふって
たしかめてみる。

それはハンカチのように
財布のように
それよりも、もっと必要な携帯品である。

花の名は
百日草
貝細工草

アスター
松葉ぼたん
それから。

（一九五七年）

南極

永田隊長さま、犬を殺してはなりません
アイゼンハワーさま
どうか見捨てられた犬を助けて下さい。

こちらは日本動物愛護協会でございます
一年間人間をたすけて働いた
十五匹の犬が鎖につながれたまま
氷雪の上に置き去られ

あたえられたのが三日分の干魚、
ビーバー機で
最後に飛び立った隊員めがけ
カラフト犬はいっせいに吠えた、という
その吠え声が
きこえるようでございます。

こちら東京の片隅
冬の夜中に醒めている私にも
きこえるようでございます。

そこは地球の極
人も住まぬ、灯もつかぬ孤島で
ごろごろと身じろぎする犬の
あたたかい血のぬくもり

その鼻をならすような悲哀が
氷山の海を超えて、吹雪のむこうから
どうしてこんなに身近によせて
くるのでしょうか。

永田隊長さま
アイゼンハワーさま
日本は無理な探検をしに行ったのでございます、
かわいそうに、犬はなにも知りません
こちらは動物愛護協会でございます
私の家の隣では
電灯会社に電気をとめられて二週間
夕方から雨戸を立てまわした家の中に
健康な両親と、子供が五匹、

どうか見殺しにしないで下さい

冷たいものが降りしきる
ここは誰もたすけにはきてくれない
極地なのであります。

（一九五八年二月二〇日）

道のはずれに

ふたつの車輪をつけた荷車は
車だったので
充分車の役目を果して
車であった。

ある日
その車輪のひとつがはずれ落ちた時から
もはや荷車の役をしなくなったので

ふとした横町の

ちりやあくたが積みかさなって
山となり
色彩も結構とりどりで
臭気あふれるばかりの

そうだよく見かける道はずれ
くらしの裏側に
おいてきぼりをくわされた
もう荷車の役をしなくなったときに

鉄の柄を空に向かって祈るようにさし出し
残った車輪の片側
そのまん中で
静かに目をひらいた。

何しろそれは動かない目だ
じっとしている目だ
長い間働いてきたが
ついに車にすぎなかったから

痛みということをまるで知らない
ゆうぜんと置き忘れられていることが大切なのだ
表通りを人夫だの代議士だの会社員だの
歌手や商人たちがゆく

あの者共も利用し
あの人間たちを後から押してゆく
あれはなんだ
あ、車輪がはずれた

失脚　という言葉もあるのか、なるほど
どうして嘆くのだ車のくせに
いったい人間だったことが
お前ほんとうにあるのか

こわれた荷車がそう言ったが
なにぶん車にすぎなかったので
車の役をしなくなったら
捨てられてあることだけがかんじんだった

片輪の荷車がつっこんでいる
くさった野菜、紙くず、ネズミの死骸など
ひたすら何ものかによみがえろうとしている物たちの上に
身をまかせて。

（一九五九年六月四日）

ラッシュアワー……だな

なるほど
いま、私が乗っているのは
日本国有鉄道という
その鉄道の車なのだな。
天井にとりつけられた大きな扇風機のまんなかに
そう書いてある――。
国有か
国有とは何だろうな。
日本、といえば
私たちのうまれた国
私の国
と呼びたいところだが。
この鉄道を有する、という、その国なのだがな。

その私達の鉄道が
どうしてこんなに
働く者をギューギュー詰めこんで
荷物のように詰めこんで
立ちんぼうにして
くたくたにして
毎日職場へ
放りこんでくれるのだろうな。
扇風機に書いてある
あの日本、という国は
誰が持ってるのかな。
ハンドバッグのようにかるがると
お小遣いなど入れて
化粧道具やよごれた手を拭く布、
小切手だの権利書などつめて
民主主義などという文庫本も一緒にして

誰が勝手に持ち歩いているのかな。
スリが多いからな
とにかく電車の中は用心が大切、だな。
あ、スリだ、スリがいる！
そこでつかまるのは
BGのポケットから貧しい財布をぬきとった
ひとりの若者位い。
あついな
夏だもの。
とめろ
その扇風機を。
この満員電車に
ほんのちょっぴりの
そのサービスで
いったい済むと思うのか、
とめろ

車をとめろ。
これはいったいどこの国の
誰のための鉄道なのだ。
それは「日本国有」という
その名もかなしい鉄道なのだな、そうなのだな。

（「現代詩手帖」一九六〇年八月号）

汗をかく

私は日毎に酢っぱくなる
古漬のきゅうりのように。
家には玄関も台所も窓もある
けれどそれらは

どこに向かってひらいていたろう。

私は絶望した、
運命ではない
けれど私ひとりの非力でもない
ここには、のがれられないものがあるのだ。

旧式な漬物桶のように
日本の家庭の隅に置かれてある
手を入れればクサくなる
ぬかみそのようなもの。

しかも日常
食事にはかかせないという
アジのあるもの
愛と呼ぶにはみすぼらしく

ギセイというには大げさな
常にこねまわされ、慣らされた
陰湿な、この重たさ。

桶の上には石がひとつ
私の生活を圧してくる。

それなら味を出します、
私が生まれてきたのは
何ひとつ得るためではなかった、と。
みんな失うために
あげるために
生まれてきたのだと。

きゅうりはやせる
しょっぱい汗をかく。

捨て科白

そこで私は
ひとまず風呂敷を出し
ひろげたものを包むと
十二月の風に光る枯枝の先のあたりで
夕月に手をかけ
立ちあがる。

ではごめん下さい
あなたはけちん坊で
そんなタワシみたいなものを
ひとつ買っただけで

（『銀行員の詩集』一九六〇年版）

あとはいらない、
とおっしゃる。
それもようございましょう
お忙しいことで！
新年がくるというので
お取り込み中で
まるで私を物売りかなんぞのように
お返しになる。

私は一九六二年、

たしかに私は
去年の方へ返って行く
昨日、のような押し売りで
あなたはタワシのようなものしか

お手もとに残さない。

見れば
シャボンのような満足で
ゴム紐のような昇進で
垢すりのような友愛で
いやまったく
実用品がお好きで。

では　ごめん下さい
貴女は今年
タワシひとつをお買い上げ。

（掲載紙誌不明、一九六二年）

嫉妬

銭湯で
子供がみている
じっとまばたきもせずに私を
もう若いとはいえない
美しくも
豊満でもない
身にまとう一枚の布きれもない
その上
自分の家庭を持たない
ひとりの女を
どうしてそんなに見つめるのか

私のなけなしの愛がかたむくほど
お前が私をみつめるから
母親が嫉妬する

子供が
自分以外のものを
見つめすぎないように
やさしいそぶりでたしなめる

そのやさしさこそ　曲者
お前のゆくてに立ちはだかる
たくさんのイバラの同族

(「大阪新夕刊」一九六三年三月二八日、「スポーツニッポン」同年四月五日)

きこえない

水槽のなかの熱帯魚
魚は水のなかで息をする
私たちが空気を吸うように
向きあった二匹のつぶやきは
きこえない。
雑踏する町の片隅に
喫茶店が一軒
窓ごしにみる二人のささやきは
きこえない。
その喫茶店のなかにある水槽
水槽のなかの熱帯魚
ああ何もきこえはしない。

鳥がなく

夕ぐれになると
私は帰る
東京丸の内の
新しいビルの
新しい女の
新しい職場から

露地裏の
狭い家の
古い家族の
貧しい暮しの中へ

（「兵庫新聞」夕刊、一九六三年六月一七日）

深い断層を
一日に二度、こえる
バスや電車がとおる
そんな平坦な道ではない道を
越えるとき
私は舞い上がる
ああ眼下の街
精一ぱいひろげた両手の下から
羽ばたきのようなものがおこり
さみしい鳥が
ひと声　なく。

(「夕刊京都」一九六三年八月一七日)

夜道

足音の近づくとき
こおろぎが鳴きやむ

何もそんなに
人が通ったからといって
鳴きやむこともあるまい、
と思いながら
足音高くゆけば
パッタリ
忍んで通れば
虫のほうも考え深げに
とにかく黙ってしまう

そう黙られては
まるで私が
権力者のようではないか
とつぶやき
抱えこんでいるのは風呂の道具
握りしめているのは釣り銭
にすぎない
と、虫の大衆に語りかける。

（一九六三年九月一〇日）

東京の夜

夜中の十二時半
道路わきの角材に腰をおろし

弁当を食べている男
見るともなく見つめると
箸をとめて振りかえった
あわてて歩き出す
向こうにまたひとり
飯粒の白さだけが目にきた
空は暗く
地下の工事場はカンカン明かるく
東京はいま建設工事の真最中

多くの都民は眠り
泥まみれの男が
黙々と腹ごしらえをしている
熱い一杯の茶も供し得ない
労働への報酬

この夜が明けると
やがて
祭りのようなオリンピックが
くるのだろう
みな愛想よく人をもてなす
オリンピックがくるのだろう

(「鹿児島新聞」一九六三年一〇月一三日)

グラウンド

それは
人間のこしらえた
人間だけの運動場で
百米を何秒で走るかが
問題だった

それは非常に
重大問題だったわけだ
グラウンドをかこんで
皆が熱狂した
競技に夢中になれない者も
わずかに背を向けて
南京豆ぐらいはかじっていたのだ。

（一九六三年一一月五日）

猫がなく

ゆきずりに猫を愛撫した
小雨が煙るように降る
夜の十時
人気ない小路で猫を呼び

猫をひきよせ
お前もさみしかろう
と語りかけた
猫はついてきた
けれど門口までくると
家に上げるわけにはゆかない
それには理由がある
(いつだって
そういう時には理由があるのだ)
どこかで誰かが
百まんべんも聞いた言葉
私はかけこんで戸を立てる
拒絶された猫が
しばらくないて泣きやまない
ガリガリ爪をたてて
なきながらひっかく

さっきのやさしさ
あれは何だったのか
教えて下さい

（「十勝毎日」一九六三年一一月一一日）

おでんやのいる風景

子供が背伸びしてのぞいている
屋台、
その顔に
おでんの湯気がけむる。

精神と名の付くものを
ことごとく煮え立つ鍋に向けて
目を輝かせている。

子供は指さす
ちくわ、こんにゃく、がんもどき
一本の串にさされ
手渡されるときの恍惚、
私はあの味におぼえがある。

心の町角に
欲望という名のおでんやがくると
ついあの味を思い出してしまう。

私がおでんやによらないのは
気取っているからではなく
ほんの少し
おこづかいが足りないからだ。

今日も
横目で通りすぎようとすると
「オイ、大臣の椅子」
などと言っている男がいる。

（一九六三年一二月三日）

葉かげ

ずいぶん
無責任なことをしたものだ。

石に
表情を与えたため
笹っぱのかげで
笑いつづけ

語りつづけることを
余儀なくされた仏たち。
彫刻師は
もうとっくに死んでしまった。

未帰還一機
ある日の報道官は
国民に発表したまま
戦争をやめた。

忠勇無双の我が兵は
今もまなじりをあげ
操縦桿を握りつづけているだろう。
笹の葉がゆれる。

貝がら

はいてきた靴をぬいで
服をぬいで
それ以上はもう脱げない
というギリギリの体裁で。
大声あげて
水しぶきをあげて
海に飛び込み
波にもまれ
泳ぎつかれ
砂浜に伏して
私は拾いました。

（「ひろば」一九六九年二月一五日号）

かわいた小さい貝がらを。
ちち　はは　の
骨のかけらを拾った日を
思い出しました。
渚はなんというはるかな場所。
打ち上げられた私の背中も
みるみるかわいてゆくのでした。

（「京都新聞」一九七四年七月一四日）

たそがれの光景

私が三十年以上働いてきたのは
家族が最低の生活を営む
その保障のためでした。

私の持ち帰る月給が
ケンポーの役割を果たしてきたと
思っています。

でも第二十五条の全部ではありません。
月給袋が波間に浮かんだ小舟の
舟底のように薄くて。
不安な朝夕を流れ流れて。
戦火も飢餓もきりぬけました。

このちいさな舟に乗り合わせた人たちを
途中でおろして
どうして私が未来とか希望とかに向かって
船出することができたでしょう。
長い間漕ぎつづけましたが
文化的な暮しは

そんなやすらかな港は
どこにもありませんでした。

当然の権利、と人は言いますが。
力の強い人たちによって富もケンリも独占され
貧しく弱い者はその当然のものを
素手で勝ちとるほかない
さびしい季節に生まれました。

もういちど申します。
最低限度の生活を維持したいのが
私の願いでした。
国はそれを保障してくれたことがありません。
国とは何でありましょう。

おかしな話になりましたが

その単純さで
ケンポーは自分のものだと思っています。
望遠鏡のむこうで
第二十五条がたそがれてきました。
けれど引き返すことのできない目的地です。
もうひといきです。
私は働きます。

（「とうきょう広報」増刊号、一九七四年）

夏の朝

市場で
一山のトマトを買ってきた。

畑でもぎとられ
すでに枝をはなれた
まるごとひとつの青い実が
一日、二日と熟れてゆき
赤くなり。

さあ
きょうは食べごろと
手のひらにのせれば
その重たさが
いじらしい夏の朝だ。

私の足が母をけって
ひとりだちした誕生の日から
約束されたのも
熟れることだった。

熟れて
食べられることだった。
（「四国新聞」一九七六年八月一日、「秋田さきがけ」同年八月二日）

言い草

みんな
このごろまた
いいたいことがいえなくなったといいますが
僕はそんなことありませんね
堂々といえますね。
労働組合が
力関係ですっかり骨ぬきになったとき
ひとりが公言したものだ。
どこにも差障りのないことを

いえる男の言い草は
周囲が黙っている中で
実に堂々と
どうでもよかった。
会社をやめた私に
いえないことはもう何もない
いいたいことは何でもいえる。
困ったことに
いいたくないことがあるばかり。

（「現代詩手帖」一九七九年一月号）

（無題）

'02・6・16朝

ここにきて

やっと羽化した小さな言葉が
飛び立ち
ぬけがらになった石垣りんが八十二歳の
今日という日にしがみついている。
私をはなれた詩
せめて七日
蟬のように
いのちの限りうたい終えてよ
森のはずれで。

解　説

まず、石垣りんという人を知ってみたい。

顔や表情、声、身長、体重、服装の趣味などもほんとは知りたいが、後回しにして、生年没年、食うための仕事から。

一九二〇年に東京赤坂に生まれた。

二十一歳から二十五歳の間に、太平洋戦争、つまり第二次世界大戦を経験した。十四歳で高等小学校を卒業し、日本興業銀行に就職して、五十五歳で定年退職するまで、四十年間働いた。

二〇〇四年、八十四歳で亡くなった。

時代はぜんぜん違う。今よりもっとずっと大学に行く人が少なかった。高等小学校は尋常小学校六年に続く二年間の教育機関。これで義務教育は終了になる。高等女学校、師範学校という選択もあったはずだと思って調べてみると、当時の女が進学することの、なんと難しかったことか。男の子の進路が中学校、高等学校、大学とまっすぐなのに比べて、女の子が大学までたどり着くには、それなりの環境も覚悟も必要だった。

「就職難の時代に、初任給十八円昼食支給は好条件であった」と石垣りん自筆の年譜に書いてある。日本興業銀行(今のみずほ銀行の前身)といえば企業相手の大銀行。その大きな組織の中で、石垣りんが、どんな制服を着てどんな仕事をしていたのか、どんな職場の環境だったのか、ろくな定職についたことのない私には想像がつかない。

一月の労働を秤にかけた、その重みに見合う厚味で
ぐっと私の生活に均衡をあたえる
分銅のような何枚かの紙幣と硬貨、　　　（月給袋）

それにしても
私の売り渡した
一日のうち最も良い部分、

生きのいい時間、
それらを買って行った昼間の客は
今頃どうしているだろう。　（貧しい町）

わずかに、今のところ安泰な
私は銀行従業員です。　（ふざけた謝罪）

男女雇用機会均等法ができたのは一九八六年、それよりだいぶ前の話だ。月給袋の重みは(昔は毎月、現金が手渡されていた)男子社員に比べて四十年間ずっと軽かったはず。その上、定年退職の五十五歳というのは、今だったらまだ中年で、女ならやっと閉経だ。これからというときに早々と社会に関わるのをやめねばならない時代だった。

「あきらめるしかないな」
人間はボソボソつぶやいた。　（定年）

先を急ぎすぎたので元に戻る。

一九四一年、二十一歳のときに太平洋戦争開戦。

一九四五年五月に東京の空襲で焼け出され、八月に終戦。そのとき二十五歳。東京の「品川の路地裏にある十坪ほどの借家」(と、これも自筆の年譜に書いてある)に一家六人(祖父、父、義母、弟二人、りん)が住んで、石垣りんの稼ぎで食っていくことになる。

結婚はしなかったようだ。未婚で生きる女にどれだけのプレッシャーがかかったか、今よりずっと価値観の狭苦しい時代だったと思うんだが、もしかしたら、戦争直後で若い男がごっそり死んでいなくなり、未婚の女がめずらしくなかったのかもしれない。詩人であったということも、世間のプレッシャーから逃れる手段だったかもしれない。

「品川の路地裏にある十坪ほどの借家」の生活は、私自身が一九五〇年代の終わりに東京の板橋の路地裏の借家で育ったから、リアルに想像できる。日陰は湿って苔が生え、ヤツデやドクダミが生え盛る路地裏だ。路地ごとにコンクリ製の共同ゴミ箱が設けてあった。路地は垣根で区分されて、気軽に他人の家の中がのぞけたが、次第にブロック塀に変わって閉じられていった。子どもは群れをなして路地を走り回って遊び、ブロック塀になると、その上を伝い走って遊んだ(私の場合)。たいていの家には風呂が無く、近所の銭湯に通った。女湯には赤ん坊用の着替え台もあり、そこに寝かされる新生児を子どもたちが珍しがってのぞきこんだ。便所は当然ながら和式で、糞尿のにおいと化学薬品のにおいの交じり合う汲み取り式。別名はご不浄。トイレなんて誰も呼ばなかった。女の子はお便所を洗うと顔がきれいになるんだよなどと母や祖母に言われて掃除をさせられた。中でもきれいにみがきあげなければならなかったのが、きんかくし。おとなになってから外国に行って、しゃがむ式便所にはさまざま出会ったが、日本のようなきんかくしは見たことがない。

一九五九年、石垣りん三十九歳のときに、第一詩集『私の前にある鍋とお釜と燃える火と』が出版された。

石垣りんの全仕事を未刊詩篇に至るまで読み尽くしてみて、その上で、やはり言おう。これは、すごい詩集だった。どれひとつとして、選びたくない詩がなかった。とくに驚かされたのが冒頭の数篇。社会で起こっていることに敏感な目を向け、率直に、勇敢に考えを表現していて、こんなことが詩でできるのかと、私は素直に感動した。

　武装を捨てた頃の
あの永世の誓いや心の平静
世界の国々の権力や争いをそとにした

つつましい民族の冬ごもりは
色々な不自由があっても
また良いものであった。　（雪崩のとき）

平和
永遠の平和
平和一色の銀世界
そうだ、平和という言葉が
この狭くなった日本の国土に
粉雪のように舞い
どっさり降り積っていた。　（雪崩のとき）

もし立札を立てる者があったら
それはぬきとろう
おそれずに
必ず　ぬきとろう、と。　（祖国）

終戦が一九四五年、新憲法の施行が一九四七年、「雪崩のとき」も「祖国」も一九五一年に書かれている。

率直だ。率直すぎて、現代詩というより、ほとんど社会の正義と反戦と平和のプロパガンダだ。アジテーションだ。

二十一歳から二十五歳までの「一番きれいだったとき」(茨木のり子さんの声をお借りしました)を戦争のまっただ中で生きた女が、「武装を捨てた頃」や「永遠の平和」と書いた。経験から出てきたことばたちが、いや……ため息が出るほど、ずっしりと重くて潔い。

今からほんの半世紀前には、現代詩がこんなに率直に、平和や社会についてことばを発することができた時代だったということに、私は詩人として驚いている。今、それができないのが情けないとも言いたいが、実は、そんな表現をしないで済んでいるこの時代に詩を書くことができて、ほんとうによかったと思っている。

十代の頃から書き始めていた石垣りんが、終戦後、一九四六年には「行友会誌」「行友ニュース」などという職場の刊行物、一九四八年には職場の外の同人誌「銀河系」にかかわって、さかんに詩を発表するようになった。一九五〇年には「職員組合執行部常任委員になる。(略)委員会は緊迫、活気に満ちていた」(年譜)とある。

いくつも書かれた時事詩のテーマないしは書くきっかけになった出来事は、わたしも知らないことばかりだった。調べてみたので、ここに書き出しておく。

「雪崩のとき」でほのめかされた不穏な感じは、たぶん一九五〇年に始まった朝鮮戦争だと思う。

「夜話」は、一九五四年、ビキニ環礁で行われたアメリカの水爆実験で被曝した第五福竜丸。その乗組員だった久保山さん。

「日記より」は、一九五四年の黄変米事件。戦後の食糧難の時代、輸入米に有毒のカビが生えた。それを政府が配給米に混ぜ込もうとしたのが発覚して、抗議する人たちが座り込みをした。

「よろこびの日に」は、一九五〇年に降嫁した昭和天皇の娘の和子内親王。

天皇をテーマに現代詩が書けるなんて思ってもみなかったのは、私が一九五五年生まれで、いわゆる三無主義世代だからである。でも、そこで思い出すのは、私の育った一九六〇年代ですら、まっとうに平和について考えようとしたとき、真っ先に考えるのが日の丸に対する不信感だったということ。今はそんなことも忘れている。今の天皇の生きざまも違う。

私の親は石垣りんと同世代だ。父は一九二二年生まれ、戦争に行って帰ってきた。母は一九二五年生まれ、東京の空襲で焼け出された。二人とも高度成長期を東京で働き抜いた。そして石垣りんと同じように、生涯、昭和天皇と天皇制を軽んじるのをやめなかった。石垣りんの天皇や日の丸に対する複雑な思いは、『私の前にある鍋とお釜と燃える火と』にとどまらず、その後の詩集にも、執念深く続いていく。

あなたはどなたでいらっしゃいますか。　　　（愚息の国）

ひとつの場所、遠いひとりの人の方角に
ふかぶかと頭を下げてみる。　　　（遙拝）

この「愚息の国」で、石垣りんがむかついている一九六〇年元旦の天皇の歌とは、「日の御子の契り祝ひて人々のよろこぶさまをテレビにて見る」というのである。

『私の前にある鍋とお釜と燃える火と』に戻ろう。「今日もひとりの」は、一九五四年前後から始まっていた高度成長期の出来事だ。一九五九年にはオリンピックの開催がきまった。一九六四年十月には東京オリンピックが開催された。それに向けて、ありったけの建物を、空き地を、文化を、壊して建てる壊して造るの狂躁がつづいた。

この詩集、前半には詩の後に日付がついている。後半の詩には日付がない。この選詩集では「白いものが」が、日付のついた最後の詩だ。書いた詩をためてあった箱がひっくり返って日付がわからなくなっただけかもしれないし、何か理由があるかもしれない。しかしその「白いものが」に、こんな詩句がある。

ここ六軒の長屋の裏手が
一つの共同井戸をまん中に向き合っている
そのしきりのように立っている六組の物干場
(白いものが)

これはもう少し後でしきりに出てくる、きんかくしのある、あの家だ。でもまだ、詩のテーマは家でも家族でもなく、石鹸。石垣りんは、洗濯用の石鹸を使って、

この旗が白くひるがえる日のしあわせ
白い布地が白く干上るよろこび

これはながい戦争のあとに
やっとかかげ得たもの
今後ふたたびおかすものに私は抵抗する。　（白いものが）

とアジるのだ。でも、詩に日付がなくなった頃から、石垣りんの詩は、身のまわりの日常的なことがらを見つめ始める。社会的なことより、個人的な意識、叫びに集中していく。新しい局面にぐいっと入り込んでいったように思える。

あの危険な場所へ登って行ったのは
ビルを建てる願いのためではなく
食べるために
或いは食べさせるために　（今日もひとりの）

自分の力にかなう
ほどよい大きさの鍋や
お米がぷつぷつとふくらんで

光り出すに都合のいい釜や　（私の前にある鍋とお釜と燃える火と）

京浜国道を霊柩車が走ってきた。　（悲劇）

脂と垢で茶ににごり
毛などからむ藻のようなものがただよう
湯舟の湯　（女湯）

ここに来て、石垣りんは、声高のアジ演説をやめ、社会に向かって振り上げていた腕を下ろし、自分の周囲を見回し始めた。

ここまでの詩は、恥ずかしくも汚くもなかった。むしろ正しかった。でも今は、恥ずかしいもの、汚いもの、見たくないものを見つめ始めた。恥ずかしくても、汚くても、それは日常のもの。それなしでは生きられないもの。

生きるために引き受けなければならないものを全身で引き受け、書いてやろうという覚悟が、すみずみまで感じられる。物干し竿、洗濯石鹸、公衆浴場の女湯……。それからその目は、自分の住む家に向かった。家族の存在に向かい、家族の感情に向かい、家族の使う便所に向かい、台所に向かい、それから自分自身に向かっていった。

文化も文明も
まだアンモニア臭をただよわせている
未開の
ドロドロの浴槽である。　（女湯）

牛蒡《ごぼう》はサクサクと身をそぎ
水にひたってあくを落す
ほうれん草は茹でこぼされ
あさりは刃物にふれて砂を吐く　（三十の抄）

病父は屋根の上に住む
義母は屋根の上に住む
きょうだいもまた屋根の上に住む。　（屋根）

家族を一人一人並べるだけで、こんなに力強いリズムが出てきた。それまでの詩に出てこなかった新しいリズムだ。それから堰を切ったように、家族の連作が始まった。

おっとその前に、すごく有名な、詩集のタイトルにもなっている「私の前にある鍋とお釜と燃える火と」について言いたいことがある。

それはながい間
私たち女のまえに
いつも置かれてあったもの、

自分の力にかなう
ほどよい大きさの鍋や
お米がぷつぷつとふくらんで
光り出すに都合のいい釜や
劫初からうけつがれた火のほてりの前には

母や、祖母や、またその母たちがいつも居た。

その人たちは
どれほどの愛や誠実の分量を
これらの器物にそそぎ入れたことだろう、
ある時はそれが赤いにんじんだったり
くろい昆布だったり
たたきつぶされた魚だったり
（私の前にある鍋とお釜と燃える火と）

「たたきつぶされた魚」とは何かについて、私はずっと考えていたのである。石垣りんさんに聞けるものなら聞きたかったが、もちろん聞けるわけがない。それで石牟礼道子さん、同じ世代で（石垣さんは一九二〇年生、石牟礼さんは一九二七年生）、同じように海辺が故郷で（石垣さんは東京生まれだが、その「いなか」は伊豆にある。石牟礼さんは天草）、同じように鍋やお釜や燃える火を大切にして生きてきたと思われる石牟礼道子さんに聞いてみた。これにはこういういきさつがある。

数週間前に、石牟礼道子さんを訪ねた。それは、平松洋子さんと二人だった。平松さんは、さらにその数ヵ月前に、食べ物について、料理について、石牟礼さんと対談したばかりだった。そうしたらこの訪問で、まるでその対談への返歌みたいに、石牟礼さんが料理を準備して待っていてくれた。今、石牟礼さんは、介護施設に暮らしている。そこでは鍋も釜も燃える火も、自由に使えないのである。それなのに居室の中の小さな電気炊飯器一つで、私たちに、煮しめと炊き込みご飯を作ってくれた。

煮干しの頭とわたを取って天草の椿油で炒め、にんじんと昆布を入れて、黒糖としょうゆで味をつけて、炊飯器に入れてスイッチを押すのである。煮えたら、それを取り出して器に盛り、そしてまだ汁の残る炊飯器に、今度は細かく刻んだにんじん、山盛りのちりめんじゃこ、昆布の佃煮、そしてもち米を入れて、またスイッチを押すのである。できあがった炊き込みご飯は、ざく切りの三つ葉を混ぜ込み、よい彩りによい香り、甘くてふんわりと優しくて、いくらでも食べられた。

この詩を吟味しているうちに、あの料理が思い出されてきた。詩のとおりだった。にんじんは赤くて昆布はくろい。しかし魚は煮干しで、頭とわたは取ってあるが、たたきつぶされていないのである。もしや石垣りんは、煮干しのひしゃげた形をもって「たたきつぶされた」と表現したんじゃあるまいか、それとも何か別に、昔ながらの料理として「たたきつぶされた魚」があるのかと考え始めた。そのうちに石牟礼さんに聞いてみよう、石牟礼さんならわかるかもしれないと思い立った。それで、石牟礼さんはメールをしないから、在熊本の友人を介して聞いてみた。

「つみれのことではないでしょうか。小魚、たとえばイワシをたたきつぶし、すり鉢ですって団子にして、味噌汁に入れたり、揚げ物にしたりしますよ」という答えが（友人のメールを通じて）返ってきた。

それならば、私の母もよく作った。たたきつぶし、すりつぶして、煮たり焼いたり揚げたりした。品川の路地裏で手に入る小魚と、天草の海で手に入る小魚の鮮度の違いはさておいて、台所の薄暗がりで、大きなまな板で魚をたたきつぶし、すり鉢でする女たちの手元が見えてきたような心持ちであった。

この詩は、このようになつかしい。ちょっと前の世代の女ならば、みんなわかる。共感する。りんも、道子も、まあ子も、とよ子も、洋子も、なほみも、ひろみも、使ったにちがいない鍋と釜で、たたきつぶしたに違いない魚である。でも、とそこで私は踏みとどまって、石垣さんみたいに声高にアジろうと思う。

共感ばかりしていられるか。反発しなくちゃいけないのだ。女が、自分から、鍋とお釜と燃える火ばかり肯定していてどうする。政治と経済と文学ばかり勉強していてどうする。

この詩は、男には評価されるだろう。女の知性もある、哀しみも決意も感じさせる。野性すらある。生命力も、猛々しさも、何もかも包み込んでくれる力もある。そういう女のいいところをぜんぶ表現した上で、女ですもの、このままでいいのよと、優しいことを言ってみせる。ほら、ごらん、俺の言ったとおりと、男は得意になるに違いない。

当然ながら、このままでいいわけないのである。もしかしたら石垣りんは、この詩で男たちを安心させ、理解させ、評価もさせ、油断させておいて、その後にがつんと殴り倒してやろうとしたんじゃないかと私は考えた。そして見てごらんなさい。それは実行された。

やがて私たちが読む詩は、もはや、男たちがおふくろの味などと言いながら懐かしむ台所ですらない。それは便所である。しかも汲み取り式の。糞臭に化学臭のする、冬には脳卒中の多くなる、尻をむき出しにしてしゃがむ式の、あの和式の。

家にひとつのちいさなきんかくし
その下に匂うものよ
父と義母があんまり仲が良いので

鼻をつまみたくなるのだ
きたなさが身に沁みるのだ
弟ふたりを加えて一家五人
そこにひとつのきんかくし
私はこのごろ
その上にこごむことを恥じるのだ
いやだ、いやだ、この家はいやだ。　（家）

絶唱、ないしは極上のアリア。「家」という、語りの詩の末尾に添えられた。耳を澄ませてもらいたい。この自由形の詩の中に潜む五音や七音。それから所々に聞こえる「き」音、「こ」音、それから「だ」音。それらが続いたり、離れたり、呼応したり、くり返されたりするのである。それなのにそこには何のルールも見出せない。そこで個人の自由感が倍増する。家なんぞに囚われない、個人の感情が高まって、力強く伝わってくる。

子供を産まない女も、セックスしない女も、外に出て働かない女も、料理しない女もいるが、排泄しない女はいない。人の娘でない女もいないのである。娘でなく、排泄しない女がいないように、きんかくしのない家もないのである。ここに石垣りんは、すべての女に行き渡る声を得た。

自分のことを赤裸々に書いてるような見せかけながら、書いてるうちに、「私」が、他の女たちへ、「私たち」へ、つながって広がっていくのを手の中にしっかりと感じた。感じつつ怒濤のようにくり広げた。家族を。家族の汚さを、どろどろを、憎しみを、その裏に隠された愛着を。ただ、ただ、無言で読み耽るしかない詩群を。

負えという
この屋根の重みに
女、私の春が暮れる
遠く遠く日が沈む。　（屋根）

ここは墓地のように、屋根がない
屋根のある私の家にはもう何のいこいもなくて。　（犬のいる露地のはずれ）

私がぐちをこぼすと

「がまんしておくれ
じきに私は片づくから」と
父はいうのだ
まるで一寸した用事のように。　（貧乏）

あのかさねられた手の中にあるものに
また、私もつながれ
ひきずられてゆくのか。　（夫婦）

さて、「夫婦」の後に続くのは「月給袋」。そこでお金を勘定するうちに、銀行員として慣れきったその動作の中で、ふと我に返った石垣さん。「私」を「私たち」につなげてみたのだが、今度はもう一度、「私」そのものに立ち戻ってみたくなったといわんばかりに、家族を、家を呪う声はおさまって、つぎの数篇は自分そのものを、セックスする性、産む性としての「女」性を持つ自分を、真正面から書こうとしたのである。

私のいのち、私の血の流れ

それがじりじりと焦げ
おとろえ、力つき
炎天下の乏しい河水のように終っているのが
見える　（風景）

私はいまこそ自分のいのちを確信する　（用意）

海に最後の潮が満ちたとでもいうのか
両手の中にたっぷりとくる乳房のおもみよ　（私はこの頃）

われは生きとし生けるものの母らと篤くまじわり
世にさりげなく吾子をそだてむ。　（ひめごと）

さらばよし　母にならむか
おろそかならず　こころにいらえもなくて——。　（この光あふれる中から）

ここには女湯やきんかくしを書いたときのような力強さや簡潔さはない。言葉は多すぎ、メタファーは使いすぎ、オノマトペもふつうすぎる。女としての自分をさらけ出していない。女っぽくなるのもエロく見せるのもいや。おしっこなら書けるが、うんこは書かない。親のセックスなら書けるが、自分のセックスについては書きたくない。そういう詩群だ。しかし、それもまた、女の在りようだ。女としての、正直で生々しい生きざまだ。私はそう思うのである。

そうやって家族を見つめ、自分を見つめて、石垣りんは進む。そして「ぬげた靴」にいたって、

ゆけばゆくほど一人になる　（ぬげた靴）

というところまで、生きることを突きつめていく。そして、

女ひとり
働いて四十に近い声をきけば
私を横に寝かせて起こさない

　重い病気が恋人のようだ。　（その夜）

というなまなましい表現ではじまる「その夜」の中頃で、

　ああ疲れた
　ほんとうに疲れた　（その夜）

とため息をつくのである。

石垣りんのすごい詩句は、たいてい最後の行にある。きちっと留め金をかけ直すように、かちっと収まる。最後でないときは冒頭だ。ぱんと開始の合図をするように、スタイリッシュにことばが並ぶ。しかしこれは、詩の半ばの二行である。石垣さんもふと力を抜いたまま、

　にぎやかな夜は
　まるで私ひとりの祝祭日だ。　（その夜）

という最終行に行くためのつなぎだったのかもしれない。でも、私はこの二行に震撼した。思わせぶりな冒頭や力をこめた最終行とはぜんぜん違う。

戦争は終わった。平和を願った。社会について、時事について書いてきた。それから人々を、日常を書いてみた。汚いこと、恥ずかしいことをいっぱい書いた。それから家族を書いた。自分を書いた。書いてきた。そして今、石垣りんは、ここ、詩の半ばで、脱力して、病気もあって、詩らしさからすっかり逃れて、地声で、聞こえるか聞こえないかくらいの低い声で、つぶやくのだ、「ああ疲れた、ほんとうに疲れた」と。

ここに破壊的なリアリティがある。これは、戦後詩の人々、ほとんど男たちが、つむぎあげてきた知的で難解な詩のことばじゃない。東京の裏町の路地裏で、お風呂の無い木造の家々に、夜寝て朝働きに出るような人々が、毎夜吐き出すことばである。そして、ここで吐き出されたこういうことばが、十年後の『表札など』の、

「夜が明けたら
ドレモコレモ
ミンナクッテヤル」　（シジミ）

石垣りん
それでよい。（表札）

食わずには生きてゆけない。（くらし）

それがねえ
まだ一人も海にとどかないのだ。
十五年もたつというのに
どうしたんだろう。
あの、
女。（崖）

につながっていくのである。
ああ凄かった、ほんとうに凄かった。こんな詩集が、戦後の、昭和の、高度成長期に、
石垣りんという女によって、できた。

一九五九年に『私の前にある鍋とお釜と燃える火と』。石垣りんは三十九歳。

一九六八年に『表札など』。石垣りんは四十八歳。

『表札など』の冒頭の数篇の凄まじさは、『私の前にある鍋とお釜と燃える火と』の頃より数段すごくなっている。

単純で、簡潔で、破壊的で、真っ正直。これ以外、現代詩という道を選んだわれわれに行くべきところがあるか。ここが石垣りんのたどりついたところだ。


二つの詩集の間はほぼ十年。十年間、感覚とことばを、研ぎ澄ませながら生きてきたのがよくわかる。でも、それじゃ詩集としてどっちが好きかといわれれば、『私の前にある鍋とお釜と燃える火と』だというのが不思議なところ。自分でコントロールできていない荒々しさがある。私は、それにむやみと惹かれるのである。

『表札など』の詩には、ときおり、本人が意図しているところを本人が、間違いなく表現できているんじゃないかと思える詩がある。詩を書く書き方がわかっていて、それにのっとって書いた、文句なしに巧い詩だ。そしてそういう詩はそれからどんどん多くなる。人としての生のエネルギーと反比例して多くなる。しかたのないことだと思うしかない。

一九六八年に『表札など』。四十八歳。

一九七〇年に一人暮らしを始める。五十歳。

一九七五年に定年退職。五十五歳。

一九七九年に『略歴』。五十九歳。

一九八四年に『やさしい言葉』。六十四歳。

『私の前にある鍋とお釜と燃える火と』に書かれた、女の肉体をもった自分。それは、ひきつづき『表札など』にも書かれていく。

姿見の中でじっと見つめる
私――はるかな島。　（島）

いまは素直にほぐしはじめる。　（えしゃく）
両手を顔にあてれば
いつかはげしく波立ちはじめる、
落日の中

暮れてゆく
みえなくなる
女。
（海のながめ）

そして、これ以降ぱたりと書かれなくなる。女である肉体は書かれなくなっても、人は食べる。人は排泄する。風呂に入って肉体を曝す。『略歴』以降は、それも書かれなくなる。残るのはただ「石垣りん」。

石垣りんには「石垣りん」の出てくる詩が多い。他の詩人の詩をぜんぶあたってみたわけじゃないのだが、たとえば中原中也には「中原中也」という名前の出てくる詩はなかったと思う。宮沢賢治にも「宮沢賢治」は出てこなかったと思うし、茨木のり子にも「茨木のり子」は出てこなかったと思う。……万が一私が見落としていても「石垣りん」の数には絶対かなわない。なにしろ既刊未刊のすべての詩の中で、「石垣りん」が七篇。「おりん」ないしは「おりんちゃん」が二篇。そのうちの六篇をこの詩集に入れた。

丸山薫さま　石垣りんです
（へんなオルゴール）

黒田先生がおりんちゃんは
下り坂だとおっしゃってました
あ
ごめんなさい
言わないほうが良かったかしら　（坂道）

欲ばりおりんの
朝のお経

ナンにもいらない
なんにもいらない
なんにもいらない　（すべては欲しいものばかり）

石垣りんさんは
どこにいますか？

はい
ここにいます。　(声)

ここにきて
やっと羽化した小さな言葉が
飛び立ち
ぬけがらになった石垣りんが八十二歳の
今日という日にしがみついている。　(無題)

石垣りんは、いつもとても有名だった。

私が詩を読み始め、書き始めた七〇年代、石垣りんさんはまだ生きておられた。生きておられたどころじゃない、失礼なことを言うんじゃない。『略歴』や『やさしい言葉』は、その後に出されている。すばらしい詩を書く詩人として疑いなく世間に知れ渡っていたし、評価はいつも高かった。でも、それが直接下の世代の詩人で同性である私につながって来るかというと、どういうわけか来なかったのである。

その頃の石垣りんが、穏やかな人生詩みたいなところに落ち着いてしまったせいかもしれない。若い読者としては、もっとむちゃくちゃな詩を、ギリギリと刺激される詩を、触るや皮膚も何もみんな切れて、赤い血がどくどく滴るような詩を読みたかった。その上、私は若さのあまりとんがっていたので、石垣さんに会えるような詩の集まりに出ることもなく、ついに会わなかった。

石垣りんは、現代詩のメインストリームというところにも、いなかった。それは石垣りんだけじゃない。女の詩人というのは、どの世代にも一人か二人華々しい輝きをもって存在するのだが、詩の世界の中心にはどうもいない。一人一人の詩人は、もの凄い。ただ、その凄さはなかなか気づかれず、女の詩人という枠にくくられて、中心とか主流とかいうものに近づかないようにされているようだと、七〇年代、若い詩人だった私はそう思っていたのである。

私たちは、女の詩人である以前に詩人でありたいと思ってきた。詩人であると信じてきた。まあ、ときに男が書かないような乳房だの月経だのについて書くだけで、なんら遜色のないものを書いている、と。でも詩人扱いをしてもらえなくて、女性詩人、女流詩人という傍系扱いをされるのだった。

詩論を書き、論争し、衆を頼み、徒党を組み、雑誌を主宰などして、後続の人々に影響を与えていけば、もしや流れのまん中に入り込むことができるかもしれないが、どういうわけか、そんな気にならないのである。石垣さんにもなかったろうし、私にも、他の女たちにもなかった。そういうのがわずらわしくてしかたがなかった。

それでは批評も詩論も、いつまでも女の立場から読まれていかない。男たちには月経も乳房もないし、これまでの詩の歴史をひもとけば、鍋も釜もきんかくしにも興味がないことは丸見えだ。

月経はともかく、乳房は好きだし、きんかくしくらい俺にもわかると男の詩人たちは言うかもしれないが、石垣りんの書いたきんかくしは、ただ尿をひっかければいいきんかくしではなく、糞臭のきつい便所に這いつくばって、拭き掃除をしないとわからないきんかくしなのである。……そういう被害妄想に似た思いを抱きながら詩を書いてきた戦後詩の女たちがいた。その原点にすっくりと立ち上がったのが、石垣りんだった。

　昔々　立身出世という言葉がありました。

　それはどういうことですか

　意味はさっぱりわかりません　　（花のことば）

と石垣りんも言っている。

二〇一五年九月

伊藤比呂美

石垣りん自筆年譜

一九二〇(大正九)年
二月二十一日、父仁、母すみの長女として東京赤坂に生まれる。家族は他に祖父弥八、祖母さく。家業薪炭商。
一九二二(大正十一)年　二歳
二月、弟達雄生まれる。
一九二三(大正十二)年　三歳
九月、関東大震災。
一九二四(大正十三)年　四歳
一月、妹さく生まれる。三月、母すみ死去。前年の震災時、子供をかばって落ちて来た梁を背に受けたのが病気の原因という。生まれたばかりの妹さくは、静岡県西伊豆の母の実家に預けられる。
一九二五(大正十四)年　五歳
仲之町小学校付属幼稚園に入園。一人で通えず、祖母と弟が弁当持参で付き添ったという。
一九二六(大正十五・昭和元)年　六歳
仲之町尋常小学校入学。学校へ行くのがいやで泣いて困らせた記憶がある。四月、祖母さく急逝。
一九二七(昭和二)年　七歳
九月、父亡妻の妹きくと再婚。

一九二九(昭和四)年　九歳
七月、母きく死去。
一九三〇(昭和五)年　十歳
父、千葉県から妻すゞを迎える。
一九三一(昭和六)年　十一歳
二月、妹初江生まれる。
一九三二(昭和七)年　十二歳
赤坂高等小学校入学。放課後氷川図書館によく通う。詩集を読み、詩を書いて作文の時間に提出したりする。
一九三三(昭和八)年　十三歳
妹蔦子生まれる。
一九三四(昭和九)年　十四歳
四月、日本興業銀行に事務見習として就職。就職難の時代に、初任給十八円昼食支給は好条件であった。勤めの余暇を投稿(「少女画報」「女子文苑」)に専念する。当初のペンネームは、夢路りん子、御空ゆき、青空美加。
一九三五(昭和十)年　十五歳
三月、弟利治生まれる。

一九三六(昭和十一)年　十六歳
五月、妹初江、千葉県の伯父夫婦の養女となる。六月、妹蔦子急逝。
一九三七(昭和十二)年　十七歳
四月、父、すゞと離婚。
一九三八(昭和十三)年　十八歳
一月、父、妻隆子を迎える。妹さく伊豆から戻る。四月、文書課事務員になる。十一月、投稿誌「女子文苑」の詩の選者の福田正夫の指導を得て女性だけの詩誌「断層」を創刊、同人十三人。
一九四〇(昭和十五)年　二十歳
五月、調査部へ異動。
一九四一(昭和十六)年　二十一歳
一月、「女子文苑」に短篇「荷」を発表。九月、「女子文苑」「断層」に合併。十二月、太平洋戦争開戦。
一九四二(昭和十七)年　二十二歳
五月、千葉県ですゞ死去。十月、妹さく入院先の伊豆松崎で死去。
一九四三(昭和十八)年　二十三歳
五月、「断層」に短篇「幕張行」発表。七月、弟達雄出征。十一月、「断層」終刊。
一九四五(昭和二十)年　二十五歳

五月、空襲で家屋全焼。当夜、祖父は伊豆に、弟利治は学童疎開で留守。父母と三人残っていたが身体無事。数日間防空壕ですごした後、父母は品川の知人宅へ避難。約一ヵ月伊豆に滞在、七月、帰京して銀行の女子寮に入る。八月、敗戦。品川の路地裏にある十坪ほどの借家に、分散していた家族六人が徐々に集まる。

一九四六(昭和二十一)年　二十六歳

職場では「行友会誌」「行友ニュース」少しおくれて「組合時評」(一九四八年六月発刊の「職組時評」のことか――編集部)等が発行され、随時詩その他を載せる。

一九四八(昭和二十三)年　二十八歳

詩誌「銀河系」同人に参加。「峠」「それを見るのは」「この世の中にある」「0」を発表。

一九五〇(昭和二十五)年　三十歳

四月、職員組合執行部常任委員になる。任期半年。メーデーに初参加。六月、朝鮮戦争勃発。レッド・パージも始まっている中で、委員会は緊迫、活気に満ちていた。七月、詩誌「時間」同人に参加。一年足らずで辞す。

一九五一(昭和二十六)年　三十一歳

アンソロジー『銀行員の詩集』(一九五一年版)全国銀行従業員組合連合会刊行。選者壺井繁治、大木惇夫両氏。「原子童話」「用意」「白いものが」「よろこびの日に」四篇収録される。『銀行員の詩集』は以後年一回、選者を替えて計十冊刊行。

一九五二(昭和二十七)年　三十二歳
『銀行員の詩集』(一九五二年版)伊藤信吉、野間宏両氏により「祖国」「私の前にある鍋とお釜と燃える火と」ほか二篇選ばれる。四月、考査部へ異動。
一九五三(昭和二十八)年　三十三歳
四月、祖父弥八死去。
一九五四(昭和二十九)年　三十四歳
十月より翌年三月まで職員組合執行部常任委員。
一九五七(昭和三十二)年　三十七歳
十二月、父仁死去。
一九五八(昭和三十三)年　三十八歳
十一月、椎間板ヘルニアにて慶應病院整形外科に入院手術。化膿して後三回手術を受ける。
一九五九(昭和三十四)年　三十九歳
四月、退院、銀行の鎌倉腰越寮にて八月末まで療養。九月、復職、業務部に配属される。十二月、第一詩集『私の前にある鍋とお釜と燃える火と』書肆ユリイカより刊行。快気祝の品物として配る。
一九六〇(昭和三十五)年　四十歳
『銀行員の詩集』一九六〇年版にて終刊。
一九六五(昭和四十)年　四十五歳

「歴程」同人に参加。

一九六六(昭和四十一)年　四十六歳

四月、経営研究部へ異動。

一九六八(昭和四十三)年　四十八歳

十二月、詩集『表札など』思潮社刊。

一九六九(昭和四十四)年　四十九歳

『表札など』第十九回H氏賞受賞。

一九七〇(昭和四十五)年　五十歳

東海テレビ制作ドキュメンタリー「あやまち――一九七〇年夏・四日市」に詩を書く。十一月、大田区南雪谷アパートに引越す。一人暮らしとなる。

一九七一(昭和四十六)年　五十一歳

七月、行友会事務室へ異動。十二月、『現代詩文庫46　石垣りん詩集』思潮社刊。第一、第二詩集の全詩及び「構成詩あやまち」、未刊詩篇等を収録。

一九七二(昭和四十七)年　五十二歳

『石垣りん詩集』第十二回田村俊子賞受賞。四月、管理部所属となる。㈱興銀データサービス出向。

一九七三(昭和四十八)年　五十三歳

二月、散文集『ユーモアの鎖国』北洋社刊。

一九七四(昭和四十九)年　五十四歳
四月、母隆子死去。
一九七五(昭和五十)年　五十五歳
二月二十日、日本興業銀行を定年退職。
一九七九(昭和五十四)年　五十九歳
五月、詩集『略歴』花神社刊。第四回地球賞受賞。七月、妹初江、千葉県の婚家先で死去。
一九八〇(昭和五十五)年　六十歳
三月、散文集『焰に手をかざして』筑摩書房刊。
一九八一(昭和五十六)年　六十一歳
五月、『ユーモアの鎖国』講談社より再刊。十一月、編著『家庭の詩』(詩のおくりもの3)筑摩書房刊。
一九八三(昭和五十八)年　六十三歳
九月、『現代の詩人5　石垣りん』中央公論社刊。
一九八四(昭和五十九)年　六十四歳
四月、詩集『やさしい言葉』花神社刊。
一九八七(昭和六十二)年　六十七歳
十一月、詩集『略歴』石垣りん文庫3として再発行、花神社刊。十二月、文庫『ユーモアの鎖国』筑摩書房刊。石垣りん文庫4『やさしい言葉』花神社刊。

一九八八（昭和六十三）年　六十八歳

二月、石垣りん文庫1『私の前にある鍋とお釜と燃える火と』花神社刊。この年「歴程」同人を辞す。

一九八九（昭和六十四・平成元）年　六十九歳

二月、弟達雄死去。五月、石垣りん文庫2『表札など』花神社刊。〔六月、〕散文集『夜の太鼓』筑摩書房刊。

一九九二（平成四）年　七十二歳

九月、文庫『焔に手をかざして』筑摩書房刊。十月、編著『詩の中の風景』婦人之友社刊。十二月、大活字本『夜の太鼓』埼玉福祉会刊。

一九九四（平成六）年　七十四歳

十二月、大活字本『焔に手をかざして』埼玉福祉会刊。

一九九七（平成九）年　七十七歳

一月、選詩集『空をかついで』童話屋刊。

一九九八（平成十）年　七十八歳

六月、文庫『石垣りん詩集』角川春樹事務所刊。

二〇〇〇（平成十二）年　八十歳

三月、『表札など』、十月、『私の前にある鍋とお釜と燃える火と』童話屋より再刊。五月、ＮＨＫニュース番組「おはよう日本」に出演。

二〇〇一(平成十三)年　八十一歳
二月、文庫『夜の太鼓』筑摩書房刊。六月、『略歴』童話屋より再刊。
二〇〇二(平成十四)年　八十二歳
六月、『やさしい言葉』童話屋より再刊。
二〇〇四(平成十六)年　八十四歳
六月、脳梗塞で都立荏原病院入院。十二月、選詩集『宇宙の片隅で』理論社刊。十二月七日、杉並区の浴風会病院へ転院。浴風園に入園する弟利治と再会を果す。二十日後、十二月二十六日早朝、心不全のため死去。
二〇〇五(平成十七)年
一月十五日、両親の眠る南伊豆町西林寺へ納骨。二月七日、お茶の水・山の上ホテルにて、「さよならの会」が行われ、およそ三〇〇人の参加者が詩人を見送った。
二〇〇八(平成二十)年
四月、生前、詩集に収録されなかった四〇篇を集めた詩集『レモンとねずみ』童話屋刊。六月、『表札など』思潮社より復刊。
二〇〇九(平成二十一)年
三月、静岡県南伊豆町立図書館内に「石垣りん文学記念室」が開設される。十二月、『石垣りん詩集　挨拶――原爆の写真によせて』岩崎書店刊。
二〇一〇(平成二十二)年

三月、『永遠の詩5　石垣りん』小学館刊。

（一九九八年以降は編集部で補足した）

〔編集付記〕

一、本書を編集するにあたり、以下の書籍を底本とした。

『私の前にある鍋とお釜と燃える火と』(童話屋、二〇〇〇)

『表札など』(童話屋、二〇〇〇)

『略歴』(童話屋、二〇〇一)

『やさしい言葉』(童話屋、二〇〇二)

『レモンとねずみ』(童話屋、二〇〇八)

「単行詩集未収録詩篇から」に収録した作品は、南伊豆町立図書館「石垣りん文学記念室」所蔵の資料に拠った。掲載作品の末尾( )内に発表年月と発表媒体名を掲げた(媒体名が不明の場合は「掲載紙誌不明」とした)が、手書き原稿しか遺されていない作品はそれから直接起こし、( )内に制作年を記した。

二、それぞれの作品の出典は、目次中に明示した。

三、漢字は原則として新字体に統一し、仮名づかいは底本通りとした。

四、拗促音は並字を小字にした。

五、明らかな誤記・誤植と思われるものは訂正した。

六、今日ではその表現に配慮する必要のある語句を含む作品もあるが、作品が書かれた年代の状況に鑑み、また作者が故人であることを考慮して、原文通りとした。

七、南伊豆町立図書館および童話屋からは、「単行詩集未収録詩篇から」に収録した作品の資料(オリジナル原稿のコピー、電子データ)をご提供いただいた。南伊豆町立図書館および童話屋のご厚意に深く感謝する。

(岩波文庫編集部)

石垣《いしがき》りん詩集《ししゅう》

2015年11月17日　第1刷発行
2016年4月26日　第3刷発行

編　者　伊藤比呂美《いとうひろみ》

発行者　岡本　厚

発行所　株式会社　岩波書店
〒101-8002 東京都千代田区一ツ橋2-5-5

案内 03-5210-4000　販売部 03-5210-4111
文庫編集部 03-5210-4051
http://www.iwanami.co.jp/

印刷 製本・法令印刷　カバー・精興社

ISBN 978-4-00-312001-9　Printed in Japan

読書子に寄す

──岩波文庫発刊に際して──

岩波茂雄

真理は万人によって求められることを自ら欲し、芸術は万人によって愛されることを自ら望む。かつては民を愚昧ならしめるために学芸が最も狭き堂宇に閉鎖されたことがあった。今や知識と美とを特権階級の独占より奪い返すことはつねに進取的なる民衆の切実なる要求である。岩波文庫はこの要求に応じそれに励まされて生まれた。それは生命ある不朽の書を少数者の書斎と研究室とより解放して街頭にくまなく立たしめ民衆に伍せしめるであろう。近時大量生産予約出版の流行を見る。その広告宣伝の狂態はしばらくおくも、後代にのこすと誇称する全集がその編集に万全の用意をなしたるか。千古の典籍の翻訳企図に敬虔の態度を欠かざりしか。さらに分売を許さず読者を繫縛して数十冊を強うるがごとき、はたしてその揚言する学芸解放のゆえんなりや。吾人は天下の名士の声に和してこれを推挙するに躊躇するものである。このときにあたって、岩波書店は自己の責務のいよいよ重大なるを思い、従来の方針の徹底を期するため、すでに十数年以前より志して来た計画を慎重審議この際断然実行することにした。吾人は範をかのレクラム文庫にとり、古今東西にわたって文芸・哲学・社会科学・自然科学等種類のいかんを問わず、いやしくも万人の必読すべき真に古典的価値ある書をきわめて簡易なる形式において逐次刊行し、あらゆる人間に須要なる生活向上の資料、生活批判の原理を提供せんと欲する。この文庫は予約出版の方法を排したるがゆえに、読者は自己の欲する時に自己の欲する書物を各個に自由に選択することができる。携帯に便にして価格の低きを最主とするがゆえに、外観を顧みざるも内容に至っては厳選最も力を尽くし、従来の岩波出版物の特色をますます発揮せしめようとする。この計画たるや世間の一時の投機的なるものと異なり、永遠の事業として吾人は微力を傾倒し、あらゆる犠牲を忍んで今後永久に継続発展せしめ、もって文庫の使命を遺憾なく果たさしめることを期する。芸術を愛し知識を求むる士の自ら進んでこの挙に参加し、希望と忠言とを寄せられることは吾人の熱望するところである。その性質上経済的には最も困難多きこの事業にあえて当たらんとする吾人の志を諒として、その達成のため世の読書子とのうるわしき共同を期待する。

昭和二年七月

《日本文学(現代)》〔緑〕

怪談 牡丹燈籠　三遊亭円朝
真景累ヶ淵　三遊亭円朝
塩原多助一代記　三遊亭円朝
小説神髄　坪内逍遥
当世書生気質　坪内逍遥
桐一葉・沓手鳥孤城落月　坪内逍遥
雁　森鷗外
阿部一族 他二篇　森鷗外
山椒大夫・高瀬舟 他四篇　森鷗外
渋江抽斎　森鷗外
舞姫・うたかたの記 他三篇　森鷗外
みれん　シュニッツラー 森鷗外訳
うた日記　森鷗外
鷗外随筆集　千葉俊二編
森鷗外 椋鳥通信 全三冊(既刊二冊)　池内紀編注
浮雲　二葉亭四迷 十川信介校注

あひゞき・片恋・奇遇 他一篇　二葉亭四迷訳
其面影　二葉亭四迷
今戸心中 他二篇　広津柳浪
河内屋・黒蜴蜓 他一篇　広津柳浪
野菊の墓 他四篇　伊藤左千夫
漱石文芸論集　磯田光一編
吾輩は猫である　夏目漱石
坊っちゃん　夏目漱石
草枕　夏目漱石
虞美人草　夏目漱石
三四郎　夏目漱石
それから　夏目漱石
門　夏目漱石
彼岸過迄　夏目漱石
行人　夏目漱石
こころ　夏目漱石
硝子戸の中　夏目漱石

道草　夏目漱石
明暗　夏目漱石
文学評論 全二冊　夏目漱石
思い出す事など 他七篇　夏目漱石
夢十夜 他二篇　夏目漱石
漱石文明論集　三好行雄編
倫敦塔・幻影の盾 他五篇　夏目漱石
漱石日記　平岡敏夫編
漱石書簡集　三好行雄編
漱石俳句集　坪内稔典編
漱石・子規往復書簡集　和田茂樹編
文学論 全二冊　夏目漱石
坑夫　夏目漱石
五重塔　幸田露伴
努力論　幸田露伴
幻談・観画談 他三篇　幸田露伴
辻浄瑠璃・寝耳鉄砲 他一篇　幸田露伴

露伴随筆集 全二冊	寺田透編
天うつ浪 全二冊	幸田露伴
子規句集	高浜虚子選
病牀六尺	正岡子規
子規歌集	土屋文明編
墨汁一滴	正岡子規
仰臥漫録	正岡子規
歌よみに与ふる書	正岡子規
筆まかせ抄	正岡子規
花枕 他二篇	正岡子規
金色夜叉 全二冊	尾崎紅葉
三人妻	尾崎紅葉
多情多恨	尾崎紅葉
不如帰	徳冨蘆花
自然と人生	徳冨蘆花
武蔵野	国木田独歩
愛弟通信	国木田独歩
晩翠詩抄	土井晩翠
蒲団・一兵卒	田山花袋
時は過ぎゆく	田山花袋
温泉めぐり	田山花袋
新世帯・足袋の底 他二篇	徳田秋声
藤村詩抄	島崎藤村自選
破戒	島崎藤村
家 全二冊	島崎藤村
千曲川のスケッチ	島崎藤村
新生 全二冊	島崎藤村
嵐 他二篇	島崎藤村
夜明け前 全四冊	島崎藤村
藤村文明論集	十川信介編
にごりえ・たけくらべ	樋口一葉
大つごもり・十三夜 他五篇	樋口一葉
明治劇談 ランプの下にて	岡本綺堂
高野聖・眉かくしの霊	泉鏡花
歌行燈	泉鏡花
夜叉ケ池・天守物語	泉鏡花
草迷宮	泉鏡花
春昼・春昼後刻	泉鏡花
鏡花短篇集	川村二郎編
日本橋	泉鏡花
照葉狂言	泉鏡花
婦系図 全二冊	泉鏡花
外科室・海城発電 他五篇	泉鏡花
辰巳巷談・通夜物語	泉鏡花
海神別荘 他二篇	泉鏡花
鏡花随筆集	吉田昌志編
化鳥・三尺角 他六篇	泉鏡花
鏡花紀行文集	田中励儀編
俳諧師・続俳諧師	高浜虚子
俳句への道	高浜虚子
回想 子規・漱石	高浜虚子

泣菫詩抄　薄田泣菫
有明詩抄　蒲原有明
上田敏全訳詩集　山内義雄・矢野峰人編
小さき者へ・生れ出ずる悩み　有島武郎
一房の葡萄 他四篇　有島武郎
寺田寅彦随筆集 全五冊　小宮豊隆編
藪柑子集　吉村冬彦
柿の種　寺田寅彦
与謝野晶子歌集　与謝野晶子自選
与謝野晶子評論集　鹿野政直・香内信子編
入江のほとり 他一篇　正宗白鳥
長塚節歌集　斎藤茂吉選
腕くらべ　永井荷風
つゆのあとさき　永井荷風
濹東綺譚　永井荷風
珊瑚集 —仏蘭西近代抒情詩選　永井荷風訳
荷風随筆集 全二冊　野口冨士男編

摘録 断腸亭日乗 全二冊　永井荷風・磯田光一編
すみだ川・新橋夜話 他一篇　永井荷風
雨瀟瀟・雪解 他七篇　永井荷風
あめりか物語　永井荷風
ふらんす物語　永井荷風
荷風俳句集　加藤郁乎編
煤煙　森田草平
斎藤茂吉歌集　山口茂吉・柴生田稔・佐藤佐太郎編
斎藤茂吉歌論集　柴生田稔編
斎藤茂吉随筆集　阿川弘之・北杜夫編
桑の実　鈴木三重吉
千鳥 他四篇　鈴木三重吉
鈴木三重吉童話集　勝尾金弥編
小僧の神様 他十篇　志賀直哉
万暦赤絵 他二十二篇　志賀直哉
暗夜行路 全二冊　志賀直哉
高村光太郎詩集　高村光太郎

北原白秋歌集　高野公彦編
北原白秋詩集 全二冊　安藤元雄編
迷路 全二冊　野上弥生子
友情　武者小路実篤
銀の匙　中勘助
鳥の物語　中勘助
菩提樹の蔭 他二篇　中勘助
犬 他一篇　中勘助
中勘助随筆集　渡辺外喜三郎編
中勘助詩集　谷川俊太郎編
若山牧水歌集　伊藤一彦編
新編 みなかみ紀行　若山牧水・池内紀編
新編 百花譜百選　木下杢太郎画・前川誠郎編
新編 啄木歌集　久保田正文編
啄木詩集　大岡信編
吉野葛・蘆刈　谷崎潤一郎
幼少時代　谷崎潤一郎

谷崎潤一郎随筆集	篠田一士編
文章の話	里見弴
里見弴随筆集	紅野敏郎編
萩原朔太郎詩集	三好達治選
郷愁の詩人 与謝蕪村	萩原朔太郎
猫町 他十七篇	萩原朔太郎 清岡卓行編
恩讐の彼方に・忠直卿行状記 他八篇	菊池寛
半自叙伝・無名作家の日記 他四篇	菊池寛
随筆 女ひと	室生犀星
出家とその弟子	倉田百三
苦の世界	宇野浩二
神経病時代・若き日	広津和郎
新編 同時代の作家たち	広津和郎 紅野敏郎編
羅生門・鼻・芋粥・偸盗	芥川竜之介
地獄変・邪宗門・好色・藪の中 他七篇	芥川竜之介
河童 他二篇	芥川竜之介
歯車 他二篇	芥川竜之介

蜘蛛の糸・杜子春・トロッコ 他十七篇	芥川竜之介
侏儒の言葉・文芸的な、余りに文芸的な	芥川竜之介
芥川竜之介書簡集	石割透編
芥川竜之介俳句集	加藤郁乎編
芥川竜之介随筆集	石割透編
厭世家の誕生日 他六篇	佐藤春夫
小説永井荷風伝 他三篇	佐藤春夫
日輪・春は馬車に乗って 他八篇	横光利一
上海	横光利一
宮沢賢治詩集	谷川徹三編
童話集 風の又三郎 他十八篇	宮沢賢治 谷川徹三編
童話集 銀河鉄道の夜 他十四篇	宮沢賢治 谷川徹三編
山椒魚・遙拝隊長 他七篇	井伏鱒二
川釣り	井伏鱒二
井伏鱒二全詩集	井伏鱒二
伊豆の踊子・温泉宿 他四篇	川端康成
雪国	川端康成

山の音	川端康成
川端康成随筆集	川西政明編
三好達治詩集	大槻鉄男 桑原武夫選
三好達治随筆集	中野孝次編
詩を読む人のために	三好達治
中野重治詩集	中野重治
藝術に関する走り書的覚え書	中野重治
夏目漱石 全二冊	小宮豊隆
檸檬《レモン》・冬の日 他九篇	梶井基次郎
蟹工船 一九二八・三・一五	小林多喜二
小林多喜二の手紙	荻野富士夫編
防雪林・不在地主	小林多喜二
独房・党生活者	小林多喜二
風立ちぬ・美しい村	堀辰雄
菜穂子 他五篇	堀辰雄
富嶽百景・走れメロス 他八篇	太宰治
ヴィヨンの妻・桜桃 他八篇	太宰治

斜陽 他一篇　太宰治
人間失格 グッド・バイ 他一篇　太宰治
津軽　太宰治
お伽草紙・新釈諸国噺　太宰治
青年の環 全五冊　野間宏
日本唱歌集　堀内敬三 井上武士 編
日本童謡集　与田凖一編
小林秀雄初期文芸論集　小林秀雄
中原中也詩集　大岡昇平編
ランボオ詩集　中原中也訳
晩年の父　小堀杏奴
風浪・蛙昇天 —木下順二戯曲選Ⅰ　木下順二
玄朴と長英 他三篇　真山青果
随筆滝沢馬琴　真山青果
新編 近代美人伝 全二冊　長谷川時雨 杉本苑子編
みそっかす　幸田文
土屋文明歌集　土屋文明自選

随筆集 団扇の画　柴田宵曲 小出昌洋編
いちご姫・蝴蝶 他二篇　山田美妙 十川信介校訂
貝殻追放抄　水上滝太郎
銀座復興 他三篇　水上滝太郎
随筆集 明治の東京　鏑木清方 山田肇編
幕末維新パリ見聞記 —成島柳北「航西日乗」・栗本鋤雲「暁窓追録」　井田進也校注
島村抱月文芸評論集　島村抱月
石橋忍月評論集　石橋忍月
立原道造詩集　杉浦明平編
立原道造・堀辰雄翻訳集 —林檎みのる頃・窓
野火／ハムレット日記　大岡昇平
中谷宇吉郎随筆集　樋口敬二編
雪　中谷宇吉郎
中谷宇吉郎紀行集 アラスカの氷河　渡辺興亜編
伊東静雄詩集　杉本秀太郎編
古泉千樫歌集　土屋文明 橋本徳寿編
冥途・旅順入城式　内田百閒

東京日記 他六篇　内田百閒
西脇順三郎詩集　那珂太郎編
草野心平詩集　入沢康夫編
評論集 滅亡について 他三十篇　武田泰淳 川西政明編
耽溺　岩野泡鳴
新編 山と渓谷　田部重治 近藤信行編
日本児童文学名作集 全二冊　桑原三郎 千葉俊二編
山月記・李陵 他九篇　中島敦
新選 山のパンセ　串田孫一自選
小川未明童話集　桑原三郎編
新美南吉童話集　千葉俊二編
摘録 劉生日記　岸田劉生 酒井忠康編
量子力学と私　朝永振一郎 江沢洋編
科学者の自由な楽園　朝永振一郎 江沢洋編
新編 おらんだ正月　森銑三 小出昌洋編
自註鹿鳴集　会津八一
窪田空穂歌集　大岡信編

明治文学回想集 全二冊　十川信介編
梵雲庵雑話　淡島寒月
鷗外の思い出　小金井喜美子
明治のおもかげ　鶯亭金升
新編 学問の曲り角　河野与一 原二郎編
碧梧桐俳句集　栗田靖編
林芙美子随筆集　武藤康史編
林芙美子紀行集 下駄で歩いた巴里　立松和平編
放浪記　林芙美子
山の旅 全二冊　近藤信行編
日本近代文学評論選 全二冊　千葉俊二 坪内祐三編
吉田一穂詩集　加藤郁乎編
浄瑠璃素人講釈 全二冊　杉山其日庵 内山美樹子 桜井弘編
食道楽 全二冊　村井弦斎
酒道楽　村井弦斎
五足の靴　五人づれ
尾崎放哉句集　池内紀編

ぷえるとりこ日記　有吉佐和子
日本の島々、昔と今。　有吉佐和子
江戸川乱歩短篇集　千葉俊二編
堕落論・日本文化私観 他二十二篇　坂口安吾
桜の森の満開の下・白痴 他十二篇　坂口安吾
風と光と二十の私と・いずこへ 他十六篇　坂口安吾
大地と星輝く天の子 全二冊　小田実
久生十蘭短篇選　川崎賢子編
六白金星・可能性の文学 他十一篇　織田作之助
夫婦善哉 正続 他十二篇　織田作之助
わが町・青春の逆説　織田作之助
歌の話・歌の円寂する時 他一篇　折口信夫
死者の書・口ぶえ　折口信夫
釈迢空歌集　折口信夫 富岡多惠子編
折口信夫古典詩歌論集　藤井貞和編
汗血千里の駒 坂本龍馬君之伝　坂崎紫瀾 林原純生校注
山川登美子歌集　今野寿美編

加藤楸邨句集　森澄雄 矢島房利編
明石海人歌集　村井紀編
日本近代短篇小説選 全六冊　紅野敏郎・紅野謙介 千葉俊二・宗像和重 山田俊治編
自選 谷川俊太郎詩集
訳詩集 月下の一群　堀口大學訳
訳詩集 白孔雀　西條八十訳
茨木のり子詩集　谷川俊太郎選
第七官界彷徨・琉璃玉の耳輪 他四篇　尾崎翠
大江健三郎自選短篇
M/Tと森のフシギの物語　大江健三郎
辻征夫詩集　谷川俊太郎編

《別冊》

増補 フランス文学案内　渡辺一夫 鈴木力衛
増補 ドイツ文学案内　手塚富雄 神品芳夫
ギリシア・ローマ古典文学案内　高津春繁 斎藤忍随
ことばの贈物 —岩波文庫の名句365　岩波文庫編集部編
読書のすすめ　岩波文庫編集部編

近代日本思想案内　鹿野政直

読書という体験　岩波文庫編集部編

岩波文庫の80年　岩波文庫編集部編

近代日本文学案内　十川信介

ポケットアンソロジー 生の深みを覗く　中村邦生編

ポケットアンソロジー この愛のゆくえ　中村邦生編

読書のとびら　岩波文庫編集部編

スペイン文学案内　佐竹謙一